壁下譯叢

魯迅

小引

這是一本雜集三四年來所譯關于文藝論說的書，有爲熟人催促，譯以塞責的，有閒坐無事，自己譯來消遣的。這回彙印成書，於內容也未加挑選，倘有曾在報章上登載而這里却沒有的，那是因爲自己失掉了稿子或印本。

書中的各論文，也並非各時代的各名作。想翻譯一點外國作品，被限制之處非常多。首先是書，住在雖然大都市，而新書却極難得的地方，見聞決不能廣。其次是時間，總因許多雜務，每天只能分割僅少的時光來閱讀；加以自己常有避難就易之心，一遇工作繁重，譯時費力，或豫料讀者也大約要覺得艱深討厭的，便放下了。

這回編完一看，只有二十五篇，曾在各種期刊上發表過的是三分之二。作者十人，除俄國的開培爾外，都是日本人。這里也不及歷舉他們的事迹，只想聲明一句：

其中惟島崎藤村，有島武郎，武者小路實篤三位，是兼從事於創作的。

就排列而言，上面的三分之二——紹介西洋文藝思潮的文字不在內——凡主張的文章都依照着較舊的論據，連「新時代與文藝」這一個新題目，也還是屬於這一流。近一年來中國應着「革命文學」的呼聲而起的許多論文，就還未能啄破這一層老殼，甚至于踏了「文學是宣傳」的梯子而爬進唯心的城堡裏去了。看這些篇，是很可以借鏡的。

後面的三分之一總算和新興文藝有關。片上伸教授雖然死後又很有了非難的人，但我總愛他的主張堅實而熱烈。在這里還編進一點和有島武郎的論爭，可以看看固守本階級和相反的兩派的主意之所在。末一篇不過是紹介，那時有三四種譯本先後發表，所以這就擱下了，現在仍附之卷末。

因爲並不是一時翻譯的，到現在，原書大半已經都不在手頭了，當編印時，就無從一一覆勘；但倘有錯誤，自然還是譯者的責任，甘受彈糾，决無異言。又，去年

「革命文學家一羣起而努力于「宣傳」我的個人瑣事的時候，曾說我要譯一部論文。那倒是眞的，就是這一本，不過並非全部新譯，仍舊是曾經「橫橫直直，發表過的」居大多數，連自己看來，也說不出是怎樣精采的書。但我是向來不想譯世界上已有定評的傑作，附以不朽的，倘讀者從這一本雜書中，於紹介文字得一點參考，於主張文字得一點領會，心願就十分滿足了。

書面的圖畫，也如書中的文章一樣，是從日本書「先驅藝術叢書」上販來的，原也是書面，沒有署名，不知誰作，但記以誌謝。

一千九百二十九年四月二十日，魯迅於上海校畢記。

目錄

壁下譯叢

思索的惰性

片山孤村

正如物理學上有惰性的法則一樣，在精神界，也行着思索的惰性（Denktraegheit）這一個法則。所謂人者，原是懶惰的東西，很有只要並無必需，總想躭於安逸的傾向；加以處在生存競爭劇烈的世上，爲口腹計就够忙碌了，再沒有工夫來思索，所以即使一想就懂的事，也永遠不想，從善於思索的人看來，十分明白的道理，也往往在不知不識中，終於不懂地過去了。世上幾多的迷信和謬見，即由此發生，對於精神文明的進步，加了不少的阻害。

聚集着聰明的頭腦的文壇上，也行着這法則。尤其是古人的格言和諺語中，說着漫天大謊的就不少，但因爲歷來的膾炙人口，以及其人的權威和措辭的巧妙這些原因，便發生思索的惰性，至於將這樣的謊話當作眞理。又，要發表一種思想，而爲對偶之類的修辭法所迷，不覺傷了眞理的時候也有；或則作者本知道自己的思想並非眞理，只爲文章做得好看，便發表了以欺天下後世的時候也有的。並非天才的詩人，徒弄奇警之句以博虛名的文學者，都有這弊病。對於眩人目睛的絢爛的文章，和使人出驚的思想，都應該小心留神地想一想的。例如有一警句，云是「詩是有聲之畫，畫乃無聲之詩。」這不但是幾世紀以來，在文人墨客間被引證爲金科玉律的，就在現今，也還支配着不愛思索的人們的頭腦。但自從距今約百四十年前，在萊洵（G. E. Lessing）的「洛康」（Laokoon）上撕掉了這駢句的假裝之後，突然不流行了。然而，就在撕掉假裝的這萊洵的言論中，到現在，也顯露了很難憑信的處所。靠不住的是川流和人事。說些這種似乎高明的話的我，也許竟說着非常的胡說。上帝是一位了不得的嘲笑家。

　　現今在文明史和文藝批評上做工夫的人們中，因爲十分重視那文藝和國民性的關係之餘，大抵以爲文藝是國民精神的反映，大文學如但丁（Dante Alighieri），沙士比亞（W. Shakespeare）瞿提（T. W. Goethe）希勒曼爾（Fr. Schiller）等，尤其是該國民的最適切的代表者，只要研究這些大文學，便自然明白那國民的性格和理想了。而國民自己，也相信了這些話，以爲可爲本國光榮的詩人和美術家及其作品，是體現着自己們的精神的，便一心一意地崇拜着。

這一說，究竟是否得當的呢？我想在這里研究一番。

大概，忖度他人的心中，本不是容易事；而尤其困難的，則莫過於推究過去的國民的精神狀態。現今之稱爲輿論者，眞是代表着或一社會全體，或者至少是那大部分的意見的麼？很可疑的。一國民的文藝也一樣，眞是代表着那國民的精神的麼？也可疑的。在德國，也因爲一時重視那俗謠的長所，即眞實敦厚之趣之餘，遂以爲俗謠並非成於一人之手，也不是何人所作，是自然地成就的；但那所謂國民文學是國民的產物國民特有的事業之說，豈不是也和這主張俗謠是自然成立的話，陷了同一的謬誤麼？爲什麼呢？因爲文藝上的作品，是成於個人之手的東西，多數國民和這是沒有關係的。而詩人和藝術家，又是個性最爲發達的天才，有着和常人根本底地不同的精神，在國民的精神底地平線上，嶄然露出頭角。這樣的天才，究竟具備着可做國民及時代的代表者的資格沒有呢？據我的意見，則以爲國民的代表底類型倒在那些不出於地平線以上的匹夫匹婦。那麼，在文藝上，代表國民底精神，可稱爲那反響的作品，也應該大概是成于被文學史家和批評家先生罵爲粗俗，嘲爲平凡，纔在文學史的一角裏保其殘喘的小文學家之手的東西了。例如，在現代的明治文學裏，可稱爲國民底（不是愛國底之意）精神的代表，國民的聲音者，並非紅葉露伴的作品，而倒是弦齋的「食道樂」罷。這一部書，實在將毫無什麼高尙的精神底興味，唯以充口腹之慾爲至樂，於人生中尋不出一點意義的現代我國民的唯物底傾向，赤條條地表現出來了。弦齋用了這部書，一方面固然投國民的俗尙，同時在別方面也暴露了國民的「下卑根性」而給了一個大大的侮辱。「武士雖不食，然而竹牙刷」那樣的貴族思想，到唯物底明治時代，早成了過時的東西了。弦齋的「食道樂」，是表現這時代的根性的勝利的好個的象徵。

反之，高尙的藝術底作品，則並非國民底性情的反響；而且，能懂得者，也僅限於有多少天稟和教育的比較底少數的國民。這樣的文學，要受國民的歡迎，是須得經過若干歲月的。而且因爲是同國民的產物，則不得不有若干的民族底類似。這類似之點，即所以平均國民與藝術家的天稟和理想的高低；那作品，是國民的指導者，敎育者，而決不是代表者。所以那作品而眞有偉大的感化及於國民的時候，則國民受其陶冶，到次期，詩人藝術家便成爲比較底國民底了。但是，至於說偉大的天才，完全地代表國民的精神，則自然是疑問。然而，即此一點，也就是天才的個性人格，成爲天才的本領，有着永遠不朽的價値的原因。因爲理想的天才，是超然於時間之外的，所以時代生天才一類的話，又是大錯特錯的根基，在偉人的傳記等類，置重於時代，試行歷史底解釋者，多有陷於牽强附會的事。我之所謂偉人，是精神底文明的創造者之謂，並不是馬上的英雄和政治家。

復次，以「正義者最後之勝利也」這一句曖昧的話所代表的道德底世界秩序，卽「善人昌惡人滅」這一種思想，和歷史上的事實是不合的。文藝上的作品也一樣，並不是只有優良者留傳於後。荷馬（Homeros）之所以傳至幾千年之後者，因爲他在許多史詩中占着最優勝的地位之故；沙士比亞之所以不朽者，因爲那內容有着不朽的思想之故：這些議論，是從西洋的文學史和明治文壇的批評家先生們講給聽到耳朶也要聾聵了的。但是仔仔細細地想起來，總覺得是可疑的議論。只看希臘的文明史，有着不朽的價值的天才和作品，不傳於後世者就很多。那傳下來的，也許又不過是幾百分之一。靠了這麽一點的材料，而縱論希臘的文明是怎樣的，所謂 Classic 者是這樣的，惟希臘實不勝其惶恐之至。而況解釋之至難者如過去的精神狀態，竟以爲用二三句修辭的文句就表現出來，則實在大膽已極了。倒不如尼采（Fr. Nietzsche）的「從音樂精神的悲劇的誕生」（Die Geburt der Tragoedie）和朗革培恩(J. Langbehn)的「爲敎育家之倫勃蘭德」（Rembrandt als Erzieher）那樣，不拘泥於史實，却利用了史實，而傾吐自家胸中塊壘的，不知道要有趣而且有益到多少。因為歷史底事實的確正，是未必一定成為眞理的保證的。例如，即使史料編纂的先生們，證明了辨慶和兒島高德都是虛構的人物，其於國民的精神，並無什麼損益；他們依然是不朽的。所以，我相信，阿染和久松，比先前的關白太政大臣還要不朽。我自然是承認歷史的價值的，但從這方面，倒想來提倡非歷史底主義。

據勃蘭兌斯(G. Brandes)最近的論文集中的一篇文章說，則希臘悲劇作家的文字之傳世者約有三百五十，而殘存着著作的僅有三人。這就是遏息羅斯（Aeschylos），棱孚克來斯（Sophokles），歐里辟台斯（Euripides），而雖是這些詩人的作品，殘存者也不夠十分之一。敍情詩人（女）珂林那（Korinna），是曾經五次勝過賓達羅斯（Pindaros）的，但殘存的詩，不過是無聊的斷片。羅馬的史家撻實圖斯（Tacitus）的著作，所以殘留至今者，據說是因為皇帝撻實圖斯和史家同姓，誤信為史家的子孫，在公共圖書館蒐集撻實圖斯的著作，且使每年作鈔本十部的緣故。雖然如此，但假使十五世紀時德國遏司忒法倫的一個精舍裏不發見那著作的殘餘，則流傳者也許要更其少。十六世紀時出版的法國滑稽劇，是千八百四十年在鄰國柏林的一個屋頂室的櫃子裏發見，這纔知道有這樣的東西的。便是有名的「羅蘭之歌」，也在千八百三十七年纔發見鈔本，經過了八百年而到人間來。更甚的例，則如希臘羅馬的詩稿的羊皮紙，因爲牢固，於券契很有用，所以竟有特地磨去了詩句，用於借票的。同樣的例，在美術品也頗多。如萊阿那陀（Leonardo da Vinci）的聖餐之圖，是最爲有名的。

舉起這樣的例來，是無限的，所以在這里便即此而止。就是，文藝上的不朽，決非確實的事，大詩人和大傑作之傳於後世者，多是偶然的結果，未必與其價值相關。反之，平平凡凡的作品却山似的流傳後世者頗不少。

又據勃蘭兌斯氏之所說，則多數的圖書文籍，不但是被忘却，歸於消滅而已，因爲紙張的粗惡，自然朽腐了。所以倘不是屢屢印行的書，則即使能防鼠和黴，也還是自然化爲塵土。然而，這是人類的幸福。否則，我們也許要在紙張中淹死。交給法國一個國民圖書館裏的法國出版的圖書，據說是每日六十部；但是，新聞雜誌還在外。千八百九十四年巴黎所出的日刊報章，是二千二百八十七種。凡這些，都是近世人類的日日的糧，而又日日消去的。不，這雖然是太不相干的話，但倘以爲我們所生存的地球，我們生存的根源的太陽，都不過是有着有限的生命，則不朽的事業，也就是什麼也沒有的事。

總而言之，在現下的文壇上，徒弄着粗枝大葉的，抽象底議論和偏向西洋的文明論的人們之中，很有不少的僻見；尤其是對於「國民」，「文學」，「天才」，「時代」等的關係，雖然是失禮的話，實在間或有關着給孩子玩刀子似的危險的議論的。什麼困難的事，本來是什麼也沒有的，因爲被思索的惰性所麻痺了的結果，這纔會到這樣。還有，對於文明史，文學史，哲學史等的眞相，卽這些果有人類的「精神史」之實麼？關於這事，原也想試來論一論的，但這一囘沒有餘暇，所以就此擱筆了。　（一九〇五年作。）

——譯自「最近德國文學的研究」。——

自然主義的理論及技巧

片山孤村

目次：論文的目的—自然的意義—盧梭的自然主義—十九世紀的自然主義—法國及德國的自然主義的區別—法國自然主義的起源—盧梭—斯丹達爾—巴爾札克及其主張—左拉及其理論—巴爾札克與左拉的比較—自然主義的定義—自然主義的兩種—敎訓底自然主義—純藝底自然主義—見於恭果爾日誌中的純藝主義—唯美底世界觀—頹唐派的意義—德國的自然主義—訶爾茲的徹底自然主義及其技巧—其影響

如果說，文藝上的自然主義（Naturalismus）者，乃是要求模仿自然的主義，則似乎一見就明明白白，早沒有說明的餘地了。但是，依照「自然」這一個字的解釋，和怎樣模仿自然的方法，而自然主義的意義，便有許多變化。在我們文壇上，也已經提出過許多解釋了，然而倘要解釋文藝上的自然主義，則總得先去探究文藝史。我用我法者流的解釋，雖然可作「我的」自然主義的說明罷，但歷史底自然主義的意義，却到底看不出，而且還要引起概念的混亂。目下的我們文壇上，沒有這傾向麽？在這小論文裏，就想竭力以客觀底敍述爲本旨，避去我用我法者流的解釋和批評，以明所謂自然主義的眞相。

「自然」這一個字，是含有種種意義的。但在文藝上的自然主義這文字中，却只有兩樣意思：第一，是與「人爲」相反，即與文明相反的自然；第二，是作爲現實(Wirklichkeit) 即感覺世界的自然。

第一的自然主義，是始於盧梭 (J. J. Rousseau) 的。盧梭在所著的「愛彌耳一名教育論」(Emile ou de l'education) 的卷首，以「出於造物者之手的一切，雖善，而一經人手則墮落」這有名的話，指摘文明的弊害，述說教育愛彌耳，應該作爲一個自然兒。這話裏有着矛盾，是不消說得的。但盧梭的這自然主義，却於十八世紀的人心，給了深刻的影響；在德國，則爲惹起了千七百七十年頃「飆與渟起」(Sturm und Drang）運動的原因之一。當時德國的少壯文學者們，是將自然解作和不羈放縱同一意義，深信耽空想，重感情，蔑視社會和文藝上的習慣，限制，規矩準繩等，爲達到眞的人道的路。於文藝則側重民謠的價值，而以沙士比亞那樣，一見毫不受什麼法則所束縛者，爲戲曲的理想的。

第二的將自然解作現實的自然主義，是十九世紀的自然主義。在法國，是和寫實主義（Realismus 是從畫家果爾培起，Naturalismus 是從左拉起，纔用於文藝上）用作同一意義的。在德國，則大概稱海培耳（Hebbel 1813-1863）路特惠錫（Ludwig 1813-1865）弗賴泰克（Freytag 1816-1895）以來的文學爲寫實主義，而於千八百八十年頃的「飆與浡起」運動以來的寫實派的文學，特名之曰自然主義。但這自然主義，是美學家服凱爾德（T. Volkelt）之所謂作爲歷史底概念的自然主義，而非作爲審美底概念的。作爲審美底概念的自然主義云者，即對於藝術的目的，有一定的主張，如謂在於模仿自然，或謂在於竭力逼近自然等；而作爲歷史底概念的自然主義，則是流行於十九世紀末德國文壇的各種文藝上的方向的總稱。戴着這種名稱的文士，就如對於古文學（Die Antike），羅曼派（Romantik）等，自稱爲「現代派」（Die Moderne）那樣，是主張着自己們的文學是嶄新，進步，擺脫了舊來的文藝，而尋求着新理想和新技巧的。但在他們之間，並無一定的審美底目的以及原則，交錯紛紜着各樣的思潮和情調，其中互相矛盾的也很多。對於這事，到後段還許要叙述的罷。

其次，法國寫實派＝自然派的開山祖師是誰呢？如果說自然派的文士，於此也推盧梭。蓋盧梭者，在所著的「自白」（Confessions）裏，實行了寫實主義的原則的。「我要將一個人，自然照樣地示給世間。這人，就是我自己。」在那書裏面，盧梭是預備將自己的經歷和性行，沒有隱瞞，沒有省略，照樣地寫出來，或想要寫出來的。這樣的筆法，那不消說，就是自然主義。然而盧梭也不過暗示了露骨的描寫的猛烈的效果；於那小說，却並未應用這理論。所以以盧梭爲自然派的鼻祖，是未必妥當的。

盧梭以後有斯丹達爾(Stendhal 1783-1842)那樣的心理小說家，雖說始以精細深刻的自然主義的技巧，用之於小說，然而用了寫實主義，在文壇上成就了革命底事業，被推崇為寫實主義之父者，却是巴爾札克(Balzac 1788-1850)。在反對雩俄(V. Hugo)喬治珊德(George Sand)亞歷山大仲馬(A. Dumas)等的羅曼主義，而於其全集「人間的趣劇」(Comedie humaine)二十五卷中，細敍物質底生活的辛勞這些節目上，巴爾札克是革新者。其序文中說，「凡讀那稱為歷史的這一種枯燥而可厭的目錄的人，總會覺到，一切國民和一切時代的文學者們，忘却了傳給我們以風俗的歷史。我想盡我的微力，來補這缺憾。我要編纂社會的情慾，道德，罪惡的目錄，聚集同種的性格，而顯示類型(代表底性格)，刻苦勵精，關於十九世紀的法國，做出一部羅馬，雅典，諦羅斯，門斐斯，波斯，印度諸國惜未曾遺留給我們的書籍來。」如他所說一樣，他是風俗描寫的鼻祖，或是高尚的意義上的風俗史家。

據巴爾札克的確信，則文學必須是社會的生理學，更不得為別的什麼。而這生理學的前提和歸宿，一定不得不成爲厭世底。他的意思，是以爲主宰着近代的人心者，已經不是戀愛，也不是快樂了，只是黃金。惟黃金是近代社會唯一的活動的源泉。他便將一代的社會爲要獲得黃金而勞苦，狂奔，躭於私利私慾的情形，毫無忌憚地描寫出。這就是他的人生觀所以成爲厭世底的原因。但看他在「趣劇」的序文上，又說，「若描寫全社會，涉及那活動的廣大的範圍，將這把住之際，則或一結構上，所舉的惡事比善事爲尤多，描寫的或一部分中，也顯示惡人的一夥，這是不得已的事。然而批評家却憤激於這不道德，而不知道舉出可作完全的對照的別部分的道德底事來。」則巴爾札克的厭世觀，也並非一定是不道德底了。這一點，是和最近自然派大異其趣的。後者的厭世觀，是大抵與道德無關係，或者帶着不道德底傾向的。但是，巴爾札克的描寫過於精細，非專門家便不懂的事，也耐心敘述着，則與晚近自然派相同。例如或者批評說，「綏札爾畢洛忒」倘不是商人，「黑暗的訴訟事件」倘不是法官，是不能懂得的。

巴爾札克之後，有弗羅培爾（Fiaubert），恭果爾兄弟（E. et T. Goncourt），左拉（Zola），斐司曼斯（Huysmans），摩泊桑（Moupassant），都德（Daudet）這些名人輩出，再講怕要算多事了罷。只有關於左拉，還有詳述一點的必要。

左拉是不但以著作家，也以批評家，審美學者自任的。在所著的「實驗底小說」（Le roman experimental），「自然派的小說家」（Le romanciers naturalistes）裏，卽述說着自然主義的理論。但左拉的實行，却不獨未必一定與這相副而已，他爲了這理論，反落在自繩自縛的窮境裏去了。在他的論文中，看見他的以生理學和社會學爲詩人的任務，以羅曼派的文藝爲不過是一種修辭，以及排斥空想等，讀者對於他那沒有知道眞詩人的自己之明，是都要覺得駭異的。

現在爲紹介左拉的學說的一斑計，試將「實驗底小說」的一節譯出來看罷：

「自然派的小說家，於此有要以演劇社會爲材料，來做小說的作者，是連一件事實，一個人物也未曾見，而卽從這一般的觀念出發的。他應該首先來聚集關於他所要描寫的社會的見聞的一切，記錄下來。他於是和某優伶相識，目覩了或一種情形。這已經是證據文件了，不但此也，而且是成熟在作家的心中的良好的文件。這樣子，便漸漸準備動手；就是和精通這樣的材料的人們交談，搜集（這社會中所特有的）言語，逸聞，肖像等。不但這樣，還要查考和這相關的書籍，倘是似乎有用的事情，一一看過。其次，是踏勘地方，在戲園裏過兩三天，各處都熟悉。又在女伶的臺前過幾夜，呼吸那周圍的空氣。這樣子，文件一完全，小說便自己構成了，小說家只要論理底地將事實排列起來就好。掛在小說各章的木扒上所必要的光景和說話，就從作家所見聞的事情發展開來。這小說奇異與否，是沒有關係的。倒是愈平常，却愈是類型底（代表底）。使現實的人物在現實的境遇裏活動，以人生的一部分示給讀者，是自然派小說的本領。」

這左拉的理論及技巧，其要點，和巴爾札克的相一致，是不待言的。但那著作全部，却顯有不同。巴爾札克是將觀察實世間的人物所得的結果，造成類型，使之代表或一階級，或一職業。而左拉的人物則是或一種類的代表者，但並非類型：不是多數的個人的平均，而是個人。例如那那，只是那那（Nana），那那以外，沒有那那了。巴爾札克對於其所觀察，却不像科學者似的寫入備忘錄中；他卽刻分作範疇，不關緊要的瑣末的事物，便大抵忘却了。所以彙集個個的事象，而描寫類型底性格和光景時，極其容易。巴爾札克的人物和光景，因此也能給讀者以統一的明劃的印象，那著作，卽富於全體的效果，獲得成功。反之，左拉則不論怎樣地瑣末的事，而且尤其喜歡詳述這樣的事象，所以有時是確有過於煩瑣之嫌的。但這種詳述法奏效之際，却委實能生出很有力量的效果來。

巴爾札克和左拉都是作家，也是理論家，然而往往有與其理論背馳，和不副其要求的事。而在左拉爲尤甚，則在先已經說過了。這就因爲立了和天才性格不一致的理論之故。但恭果爾兄弟和弗羅培爾則理論和實際很一致，卽使說自然主義藉着這三個詩人，最純粹地代表了，也不算什麼過分的話。如恭果爾，以詩人而論，天分大不如左拉，所以也不很因爲詩底感興，而妨害理論的實行。他們的名實上都是自然派，那原因就在此。

從以上的簡約的敍述，在法國的自然主義的一斑，大概已經明白了罷。要而言之：自然主義者，那主張，是在將感覺底現實世界，照所經驗的一模一樣地描寫出來，爲藝術的本義的。凡自然派的藝術家，須將自然界，卽現實界的一切事象，照樣地描寫，其間不加什麽選擇，區別；又以絕對底客觀爲神聖的義務，竭力使自己的個性不現於著作上。對於這要旨，凡有自然派的文士，是無不一致的。至於理論的細目和實行的方法，那不消說，自然還有千差萬別。

但是，這里有一個重要的問題在：自然派何故模倣自然的呢？到此爲止，我們單將自然派怎樣模倣自然的問題研究了，然而並沒有完足。對於那「何故」的疑問，是棱伐嘉（David Sauvageot）所提出的，他的解決，不獨於十九世紀，而且於古來一切的寫實主義，自然主義的解釋上，都給了新光明。

第一，寫實主義是有如英國和我國的小說那樣，用以傳宗敎或道德；又如左拉的著作那樣，想藉此來敎實理哲學（Pisitivism）的。在這時候，寫實主義便是對於目的的一種手段，所以梭伐嘉稱之爲「敎訓底寫實主義」。

第二，寫實主義是順了模倣的天性，樂於精細的描寫之餘，往往有僅止於將自然來寫生的事。如弗羅培爾，恭果爾等，卽屬於這一類。這可以稱爲「純藝術底寫實主義」（Realisme de l'art pour l'art）。

說得再詳細些，則如陀思妥夫斯奇（F.M.Dostojevski）說，「我窮極了不成空想之夢的現實的生活，達了爲我們生命之源泉的主耶穌了。」他就在那寫實小說裏，敎着一種基督敎和神祕底社會主義。託爾斯泰（L. Tolstoi），伊孛生（H. Ibsen）的極端的傾向，可以無須說得了；在法國，則巴爾札克就說，「文士是應當以人類之師自任的。」左拉也懷了仗唯物論以救濟國家和國民的抱負，而從事於製作。他相信，人類不過是一個器械，他那純物質底現象，都可以科學底地來測定；而且不但人類而已，便是「社會底境遇，也是化學底，物理學底」的。但是，這唯物論的研究，有什麼用處呢？左拉答道，「我們和全世界一齊，（仗着科學）正做着征服自然和增進人力的這一種大事業，」而小說，則是社會，人類的生理學，科學，唯物論的教科書。所以凡是愛人類者，愛法國者，都應當歸依自然主義。「如果應用了科學底方式，法國總有取回亞爾薩斯＝羅蘭州的時候罷。」「法蘭西共和國成為自然派，否則，將全不存在。」左拉的自然主義，是這樣地帶着救濟祖國的使命的。（以上的引證，是實驗底小說」裏面的話。）

復次，將「純藝術底寫實主義」的起源，歸之於模仿的天性的梭伐嘉之說，也不能說是完全。弗羅培爾，恭果爾的自然主義，純藝術主義（L'art pour l'art），是不僅出於無意識底的模倣的天性的，也是意識底的世界觀的結果。這一派文士的世界觀，也如左拉一樣，是唯物論（Materialismus），從十八世紀的英國和法國的感覺論（Sensualismus）發源，經過恭德（A. Comte）的實理論（Positivismus），受了十九世紀的科學發達的培植而成熟的。關於以這唯物論爲根基的自然主義，我以爲戈爾特斯坦因在那論文「論審美底世界觀」（Ueber aesthetische Weltanschauung）裏所敍述的最爲傑出，現在就將他議論恭果爾弟兄的「日誌」的話，譯一點大要罷：——

「恭果爾兄弟日誌」（Journal des Goncourts）計九卷，其中收羅着千八百五十一年至九十五年約半世紀間的政治底及精神底生活的活畫圖。這一部書，不但是恭果爾兄弟而已，並且也反映着戈兼（Gautier），聖蒲孚（Sante-Beuve），弗羅培爾，盧南（Renen）那些第二帝國時代文學社會的有特色的情緒及信念。所以這「日誌」，也如格林的「通信」（Correspondance）之於十八世紀一樣，在二十世紀的人們，是要成爲近代精神底生活的「礦洞」的罷。

有人說，英國人是最有用地，德國人是愚蠢地，法國人是最奇拔地代表了唯物論。這話，用在這「日誌」上也很適宜的。這「日誌」的世界觀，是極端的唯物論。「生命是什麼呢？不過分子集合的利用而已。」而這唯物論，又和深刻的厭世觀相結合。大概那純器械底世界觀的無意義，在他們的心裏，給了很深的印象了。對於政治上，社會上的狀態，也就不得不成爲悲觀底，絕望底了。而且在他們，歷史也不過是無意義的事件的生滅；他們的該博的史上的知識，也無非單在他們的唯物主義上，加上了歷史懷疑主義去。

生存在這樣宇宙和人事的無價值，無意味之中的人們，究竟相信什麼呢？爲了怎樣的價值而生存的呢？曰：有藝術在。「除了藝術和文學之外，什麼也不相信。其餘的，都是虛誕，都是拙劣的詐僞。」人生而沒有藝術，是永久的凋零，腐敗。「藝術者，是死的生命的防腐劑。除藝術之所奏，所述，所畫，所刻者之外，再沒有一種不死的東西。」卽在一切的價値的破壞之中，惟藝術繼續其存在。但藝術和哲學，是不以使人生有意義爲目的的。藝術對于文明生活和人類，有什麼意義呢？曰：什麼也沒有。藝術是自己目的——是爲藝術的藝術（L'ait pour l'art）。這句近時的流行語，是起於上文所說的社會底，精神底的關係的；其批評，也就存於這起源之內。

L'art pour l'art 中，含有消極底和積極底這兩種立論。

消極底立論，是排斥對於藝術的道德限制的；積極底立論，則萬物都可以成爲藝術的對象，換了話說，那歸結就是和藝術相關者，只有形式和技巧，而非對象和內容。至于萬物都可以成爲藝術的對象者，並不因爲萬物都一樣地有價值，却因爲都一樣地無價值，無意義。因爲萬物的價值沒有高下，所以以這爲對象的藝術，也就不得不成爲形式主義，技巧主義了。因此，在這「純藝術底自然主義」上，譬如無論描寫一片木片，或則敍述哈謨列德（Hamlet）的精神狀態，只要那技巧已經奏效，內容怎樣是非所措意的。

這樣子，那自然主義，在客觀底地，藝術對于人生問題和宇宙問題是毫無意義的。但主觀底地，却有一個值得努力的目的：就是情緒（l'emotion）。「在現代的生活中，現今只有情緒這一個大興味在。」物體中之一物體的人，仗着神經作用，在事物的表面上，造作審美底情緒。「我們（恭果爾兄弟）是最初的神經的文士」；自然主義底審美主義者的生命，是神經的問題。巴爾（Hermann Bahr）的話有云：「古典派之所謂人，是理性和感情之謂；羅曼派之所謂人，是情熱和感覺之謂；而現代派之所謂人，是神經之謂。」就顯現着上面所述的意味的。

自然主義底審美主義，是這樣地成長爲一種人生觀。在這人生觀，藝術是一種手段，卽仗着情緒，印象，刺激，戰慄（Frissous），來超出那受了唯物論底地解釋了的人生的不快，寂寥和無意義的。

以上的自然主義底，厭世底唯美主義（唯美主義者，是主張人生除了美，卽毫無什麼價值的主義），並不僅止于理論，在淮爾特（Wilde）和但農契阿（D'annunzio）所描寫的人物上，實在是具體底地表現着。

在這自然主義底唯美主義（Naturalistischer Aesthetizismus）上，人生是只有審美底情緒和非審美底情緒兩種。這就是這主義的 Decadance（頹唐）底特性。我是將 Decadance 這話，解作和自然主義底審美主義相伴的一定的精神狀態的。我以爲頹唐底唯美派的心理底特徵，似乎就在缺少意力，來統一那個個的心底作用；就是：頹唐派的人格，不過是唯心底作用的並列。因爲這樣地缺少中心的意力，所以頹唐派便被各剎那的印象所統治了。而這弱點，同時又和熱烈的生活慾結合着。但是，在唯美派，生存上唯一的形式是享樂，所以新奇險怪的刺激，就是最後的目的。對於這新刺激，尋求不已的傾向，在波特萊爾（Baudelaire），達萊維（Barbey d'Aurevilie），斐司曼斯等，是特爲顯著的。云云。

戈爾特斯坦因還引了實例，敷張議論，更加以批評。但因爲在我的小論文裏紹介不盡，所以在這里單引用了可以說明純藝術底自然主義的話。法國的自然主義，卽此爲止，這回再一說德國的自然主義，就將這論文結束罷。

在德國，自然主義是有如已經說過那樣，從路特惠錫，海培耳，弗賴泰克等的時代起，就形成着劃然的時期的；但並非爲了「眞」而將「美」作爲犧牲的法國一流的寫實主義。又，這寫實主義，也不是一詩社，一流派所提的美學上，文藝上的綱領

(program)，所以也並不爲理論所誤，而成就了很爲穩健的發展。上述三人之外，如開勒爾(G. Keller)，斯安倫(Th. Storm)，格羅忒(K. Groth)，羅退爾(F. Reuter)，斯不勒哈干(Fr. Spielhagen)，海什(P. Heyse)，賚培(Raabe)，豐太納(Th. Fontane)諸人的姓名，作爲這「寫實主義」的代表者，也可以說是不朽的罷。

那法國流寫實主義的流行于德國文壇，是從千八百八十年代至九十年代的稱爲「飆與浡起」這一個革命運動的結果。這運動的歷史，在這里沒有詳敍的必要；也想單將因這運動的結果而起的自然派的諸傾向，略有所言。但這在鷗外氏的「審美新說」裏講得很詳細，所以我也不必從新再敍了。只是，應該注意者，是德國文學上之所謂自然主義者，不但是上文所說的法國一流的自然主義，即作爲唯美底概念的自然主義，或作爲人生觀的自然主義；而且也包含着所謂「現代派」的諸傾向的全體，即服耳凱爾德所說的作爲歷史底概念的自然主義之謂。這自然主義，性質很複雜：其中有法國流自然主義照樣的東西；也有更加極端的「徹底自然主義」；也有包括了神祕主義，主觀主義，象徵主義，新羅曼主義等各種傾向的新自然主義；此外，還有增添些社會主義，個人主義（出于尼采者），無政府主義的。現代派的人們，也像日本一樣，是取模範於外國的，所以依了所私淑的模範的種類，各人的心狀，性格，學識等，辨法人人不同。同的只有目的，是嶄新（modern）。（「現代派」(Die Moderne)這新造語，是始於 Eugen Wolf Hermann Bahr 的。）

在這混亂的現象中，最發異彩，在自然主義的理論及技巧的歷史上，不當忘却者，是那「徹底自然主義」（Konseguenter Naturalismus）。這主義發端於訶爾茲（A. Holz）的提創，蒿普德曼（G. Hauptmann）實行於他那戲曲「日出之前」（Vor Sonnenaufgang）的結果，於是風靡了一時文壇的本末，去年已在我那拙作「德國自然主義的起源」裏詳說過，鷗外氏著的「蒿普德曼」上也載着，所以在這里，就單來仔細地說一說「徹底自然主義」本身罷。

訶爾茲的「徹底自然主義」，是下列的幾句話就說盡了要領的。曰：「藝術是帶着復歸於自然的傾向的。而藝術之成爲自然，則隨着未成自然以前的再現的條件和那使用的程度。」詳細地說，就是：藝術者，帶着僅是寫出自然，還不滿足，有更進而成爲本來的自然的傾向。所以藝術者，要成爲和自然同一的東西，是未必做得到的，但愈近自然，卽愈爲殊勝。而因了使自然再現的條件卽手段，和使用這手段的程度卽巧拙，藝術之與自然，卽或相接近，或相遠離。這和自然的遠近，是作爲决定藝術的高下的標準的。影戲較之照相，演劇較之影戲，更近於自然，所以以藝術而論，演劇是上乘。較之演劇，則實際，卽自然，更能滿足藝術的要求和傾向，所以更合於藝術的理想。這樣子，若將訶爾茲的主張加以推演，至於極端，則成爲倒不如將藝術廢止，反合於藝術的本義了。

訶爾茲根據着這原則，和他的朋友勗賚夫（Johannes Schlaf）共同創作了幾種小說和戲曲，以施行這原則的各種新技巧示人，而一面又示人以自然主義的理論，到結局（Konseguenz）却和藝術的本領相違背。這是極有興味的事，再詳細地說一說罷。第一，向來見于自然派著作上的對話，還有違於自然的地方，如左拉，伊孛生，也有此弊。他們還太使用着「紙上的言語」（Papiersprach），是訶爾玆們所發見的。再詳細地說，就是有如「阿」「唉」等類的感歎詞，咳嗽，其他種種喉音等，都沒有充足地描寫着。然而人們是各有不同的喉音和咳嗽法的。所以描寫這些，對於個性的寫實，也是理論上不可缺少的事。其次，戲曲上的分段和小說上的布局，是和自然相反的，實世間的事件，原沒有眞的終結，正如小河滲入沙中，漸漸消失一樣，都是逐漸地轉移的。詩人也該這樣，不得在小說及戲曲上，故意做出感動讀者的終結和團圓。小說及戲曲，是應該將「人生的斷片」（Lebensausschnitt），卽並無所謂「始」或「終」那樣特別分劃的現實的事件，照樣地寫出來。左拉又注意於材料的選擇和排列，換了話說，就是不忘布局（Komposition）的。但訶爾玆等，却並想將那詩的要素之一的布局廢去。第三，訶爾玆等是所謂「各秒體」（Sekundenstil）的創始者。

將各秒各秒所發生的事故，敍述無遺，凡直寫自然的詩人，倘不將無論怎樣平凡，單調的事情，也仔仔細細描寫，即不能說是盡了責任。向來的詩人，於並無描寫的價值的日誌底事實，是僅作一兩行的報告，或全然省略的，則縱使別的事實，怎樣地以自然派底精細描寫着，由全體而言，也還不能說是完全地用了自然主義。這也有一邊的眞理的，但倘將這一說推至極端，詩便和詳細的日記更無區別，讀者將不堪其單調，怕要再沒有讀詩的人了罷。一到這樣，詩在藝術上，除自滅之外，便沒有別的路了。還有，自然音的模倣（例如訶爾茲和勗賚夫所作的"Baba Hamlet"中的雨滴之聲「滴……滴……」寫至許多），戲曲上獨白的廢止，在敍情詩上節奏和韻律的排斥，也都是訶爾玆等所開創的。

因了以上的理論和技巧，訶爾茲和勗賚夫遂被稱爲左拉以上的極端的自然主義者；蕎普德曼則取了這理論和技巧，爲自家藥籠中物，自「日出之前」以來各著作，均博得很大的成功，於是這徹底自然主義，便風靡了當時的文壇了。更舉這極端的技巧的別的二三例，則如（一）戲曲上的人物和舞臺上的注意，例如蘇逵爾曼（H. Sudermann）的「梭同的最後」(Sodoms Ende）中的滑綏博士戴玳瑁邊眼鏡，耶尼珂夫夫人穿灰色雨衣。克拉美爾穿太短的褲，磨壞了後跟的鞋，或者叫作跋爾契諾夫斯奇這猶太人生着不像猶太人的面貌等，和戲曲的所作上，並無什麼關係的事實的細敍。（二）以沒有意義的動作，塡去若干時間，例如蒿普德曼的「日出之前」裏，單是羅德和海倫納的接吻的往返，就是若干時間中，舞臺上毫無什麼動作；又如同人所作的「寂寞的人們」(Einsame Menschen) 第二幕，蜂子來攪擾波開拉德家的人們的早餐等就是。（三）此外，插進冗長的菜單，賬目，系圖這些東西去；克萊札爾（Max Kretzer)的「三個女人」(Drei Weiber）中，詳述晚餐，細說生病，生產等可厭的事物，至亙七十葉之長：就都是始見於徹底自然主義的著作中的新技巧。

要而言之，在德國的自然主義，是本於法國的，但使這更極端，更精細，且有將這來實行，非徹底不止的傾向。「徹底自然主義」之名，是最爲恰當的。

單是自然主義的理論及技巧的要點，我以爲卽此大概算是說明白了罷。雖說倘不是更加以審美底批判和歷史底說明，然後來推定這主義可以行到什麼程度；又，其理論和實行的關係如何；自然主義的將來如何：卽對於自然主義的文藝史上的現象的各問題，一一給以解決，還不能說是已將自然主義完全說明。但這範圍過於廣大，只好俟之異日了。

——譯自「最近德國文學之研究」。——

表現主義

片山孤村

目次：表現主義的起源—表現主義的世界觀及人生觀—精神和靈魂的推崇—表現主義的藝術觀—造形美術上從印象主義到表現主義的轉移—表現主義的美學的批評—作爲運動及衝動的靈魂—文學上的表現主義—小說上的表現主義—作爲病底現象的表現主義—德國表現派文士

表現主義的運動，是早起於歐戰初年的。當非戰主義，平和主義，人道主義，民主主義，國際主義的文士們，藉了雜誌「行動」（Aktion）以及別的，對於戰爭和當時的政治，發表絕對底否認的意見，更進而將從戰爭所喚起的人生問題，用於文藝底作品的時候，政府是根據了戰時檢閱法，禁止着非戰論和這一流的文藝的，因此這新文藝，只得暫時守着沈默，而幾個文士，便將原稿送到中立國即瑞士去了。那時瑞士的士烈息，有抒情詩人錫開勒（René Schikele）所編的雜誌「白紙」（Die Weissen

Blätter），正在作其時的危險思想家的巢穴，同市的書肆拉息爾公司，又印行着「歐洲叢書」(Europäische Bücher），以鼓吹表現主義和非戰論。待到千九百十八年，戰爭的終結及革命，這也就能在德國文壇上公然出現，滿天下的青年文士，也都翕然聚集在這旗幟之下了。表現主義的雜誌，除上述的兩種外，還有「新青年」(Neue Jugend)，「現代」(Der Jüngste Tag)，「藝術誌」(Kunstblatt)，「瑪爾薩斯」(Marsyas)等，此外屬於表現主義的創作和關於表現主義的評論，也無月不有，於是這主義，便成了現時德國文壇的興味，評論，流行的中心。

非戰論者，是對於戰爭的背景的物質文明，機械底世界觀，唯物論，資本主義等的反抗。積極底地說出來，則就是精神和靈魂之力的高唱；自我，個性，主觀的尊重。評論表現主義的「戲曲界的無政府狀態」(Anarchie im Drama)的作者提波勒特(Bernhard Diebold)，將這思想講得最分明。地說：「『精神』(Geist)這句話和『靈魂』(Seele)這句話，在現代受過教育的人們的日常用語上，幾乎成了同義語了，但這是不足爲奇的。因爲至今爲止，精神幾乎僅在稱爲『智性』(Intellektualität)這下等的形式裏活動。智性者，是沒有觀念的腦髓的作用，就是沒有精神的精神。而靈魂則全然失掉，在日常生活的機械的運轉上，在產業戰爭上，在强制國家裏，成爲毫無價値的東西了。各人是托辣斯化的收益機關上的輪子或螺絲釘。組織狂使個性均一。事務室，工廠，國家的人們，不過是號數。是善是惡，並不成爲問題，所重的只是腦和筋肉的力量。——英美式的『時光是錢』(time is money)和貪婪者的投機心，支配了敎育。古代的善美的倫理，從文明人要求美和德；在中世，是要求敬神和武勇，古典主義是要求人道。但現今的人，在社會生活上，所作爲評價的標準者，却唯在對於產業戰爭是最有力的武器的智力。……」

「科學仗着顯微鏡，實驗心理學仗着分析，自然派的戲曲家仗着性格和環境的描寫，以研究或構成人物，但這是稱爲『人』的機械，不帶靈魂的。於是在機械底文化時代的學者和詩人間，便全然失掉了靈魂的觀念，而精神和靈魂，也就被混淆，被等視了。」

「精神者，外延底地，及於萬有的極限，批判可以認識的事物，形成形而上學底的東西，排列一切，以作知識。其最爲人間底者，是倫理情感（Ethos）及和這同趨於勝利的道德底自由的意志。」

「靈魂者，是內包底地，及於我們心情的最暗的神祕，和肉體作密接的聯合，而玄妙地驅使着牠。因爲感情的盲目，靈魂是不能認識的，但以無數的本能，來辨別愛和憎。靈魂是觀察，歌詠——透視一切人間的心，聽良心的最深的聲音和主宰世界者的最高的聲音。靈魂的最貴者，是以愛爲本的獻身，其最後的救濟，是融合於神和萬有。……」

「靈魂雖然厭惡道德上的法則（戒律）和要挾其生活的律法，鄙棄意思的意識性，但對於藝術家所給以鑄造的精神底形式，是順從地等待着的。精神則形成靈魂所納其鼓動之心的理想的肉體。」

「立體主義和建築術和走法（音樂的形式），古典派和形式和噶來亞哲學的存在（Sein），活動底信仰和倫理感情和意思——凡這些，大抵是出於精神的。」

「表現主義和抒情的叫聲和旋律和融解的色彩，羅曼派和表現和海拉頡利圖哲學的發生（Werden），聖徒崇拜，爲愛的獻身——凡這些，大抵是出於靈魂的。

寫法太過於抽象底了，但提波勒特的精神和靈魂的區別的意思，恐怕讀者也懂得大概了罷。只是表現派的論客和作家，却未必一定有精神和靈魂的區別。不但如此，並且還有沒却了理性和智性，戀愛和色情，感情和感覺的區別，而喜歡驅使色情和獸性的作家（如戲曲家凱撒，哈然克萊伐等，又如歌詠色情的發動及其苦惱的年青的抒情詩人等爲尤甚），但要而言之，隱約地推崇着心靈，精神，自我，主觀，內界等，是全體一致的。曰：「眞的形成了人類的是什麼呢？惟精神而已。」曰：「惟精神有主宰之力。」曰：「惟萬能的精神，無論怎麼說，總是主宰者。」曰：「靈魂和機械之戰。」曰：「超絕者的啓示。」也有陳述精神的超絕性的；也有稱道斐希德一流的自我絕對說的。這些言說之中，種種的哲學底概念和心理學底知識的誤解，混同，一知半解等，自然是不少的罷，但就大體的傾向而言，似乎不妨說，頗類於德國哲學的唯心論（Idealismus）。在這一點，則表現派的世界觀，乃是一世紀前的羅曼派的世界觀的復活。因此他們之中，也有流於神祕敎，降神術，Occultismus（心靈敎）的。而近代心理學所發見的潛在意識的奇詭，精神病底現象，性及色情的變態等，尤爲表現派作家所窺伺着的題材。又，尼采和伯格森的影響，則將現實解作運動，發生，生生化化，也見於想要將這表現出來的努力上。畫流水，河畔的樹木和房屋便都歪斜着，或者畫着就要倒掉似的市街之類，就都從這見解而來的。於是也就成爲舞蹈術的尊重了，如康定斯奇（W. Kandinsky），就說：「要表現運動的全意義，舞蹈是唯一的手段。」

表現派是開首就提倡非戰論，平和主義，國際主義的，則內中有許多民主主義者和社會主義者，自然不消說。在少年文士之間，仰爲表現主義的先驅者的亨利曼

(Heinrich Mann) 和諷刺家斯台倫哈謨 (Sternheim) 的非資本主義，非資產階級主義，是其中的最爲顯著的。但文藝之士，往往非社會底，個人主義底傾向也顯著。曼和斯台倫哈謨，雖憎資產階級如蛇蝎，而他們却並非定是社會主義者。如曼，也許還是說他是個人主義者，唯美派，頹唐派倒較爲確當罷。如雜誌「瑪爾薩斯」，則宣傳着「對於社會底的事物的熱烈的敵意」，以爲新藝術的公衆，只有個人，卽竟至於提倡着孤獨主義 (Solipsismus) 哩。

以上是表現派的世界觀，人生觀，社會觀的一斑。我還想由此進而略談他們的藝術論。

表現主義 (Expressionismus) 云者，原是後期印象派以後的造形美術，尤其是繪畫的傾向的總稱。這派的畫家，是和自然主義或印象主義 (Impressionismus) 反對，不甘於自然或印象的再現，想借了自然或印象以表現自己的內界，或者竭力要表現自然的「精神」，更重於自然的形相的。但到後來，覺得自然妨害藝術，以爲模倣自然，乃是藝術的屈服及滅亡，終至如「印象主義和表現主義」的作者蘭培格爾敎授所說那樣，說到自然再現（或描寫）是使藝術家不依他內底衝動，而屈從外界，卽自然，是將那該是獨裁君主的藝術家，放在奴隸的地位的。拋開一切自然模倣罷，拋開生出空間的錯覺來的遠近畫法罷，藝術用不着這樣的騙術。藝術的眞，不是和外界的一致，而是和藝術家的內界的一致，「藝術是現（表現），不是再現」（Kunst ist Gabe, nicht Wiedergabe）了。印象派的畫家，是委全心於自然所給與的印象的，而表現派的畫家，則因爲要遂行內界表現的意思，便和自然戰，使牠屈服，或則打破自然，將其破片來湊成自己的藝術品。雖說是印象派的畫家，但將自然的材料，加以取捨選擇的自由，當然是有的，然而表現派的畫家，則不但進而將自然變形，改造，如未來派（Futuresmus）和立體派（Cubismus），還將自然的物體，或則加以割開，或則嵌入幾何學底圖形裏。

這以表現意思爲本的自然的物體的變形和改造，不但在中世時代的宗敎藝術，日本的繪畫（稱爲表現派的始祖的 Van Gogh，也是日本的版畫的愛好者，由此學得的並不少），東洋人，尤其是埃及人和野蠻人的創作物上，可以看見，在孩子的天眞爛漫的繪畫和手工品裏，是尤爲顯著的。但在這些古代藝術或原始藝術的作品上的自然物體的改造或和自然的不相像，是無意識的，或幼稚的，或者由於寫實伎倆的缺乏，即技巧上的無能力的。而近代的畫家，則是意識底，是故意的。這故意不覺得是故意，鑑賞者忘其所以地受了誘引，感得了創作者所要表現的精神，則完全的表現主義的藝術，纔算成就。藝術若並非自然的照相，不問其故意和無意，本不免自然的改造或變形。而謂一切藝術，是藝術家的內界的表現，也是眞理。然而內界，即無形的精神，是惟有藉了外界，即有形的物體，纔被認識或感得的，所以在有形物體的變形或改造上，也自然有着限度。倘是借爲口實，以遮掩藝術上技巧上的無能力那樣的自然的變形或改進，那就不妨說，是已經脫離了藝術的約束的了。

其次——最要緊的事，是表現派將他們所要表現的「精神」（心靈，靈魂，萬有的本體，核心），解釋爲運動，躍進，突進和衝動（前述參照）。「精神」是地中的火一樣的，一有罅隙，便要爆發。一爆發，便將地殼粉碎，走石，噴泥。表現派的作品是爆發底，突進底，躍動底，銳角底，畸形底，而給人以不調和之感者，就爲此。自然物體的變形和改造——在有着眞的藝術底，表現底衝動的藝術家，也是不得已的內心的要求。

至於文壇上的表現派的主張和傾向，那不消說，是移植了美術界的主張和傾向的。文壇的表現主義者們，就想將畫家所欲以色彩來做的東西，用言語來做。他們是和自然派，印象派正相反的極端的主觀主義者。他們是「除去求客觀底價值的一切，形式者，不過是表現的自然底態度。而這表現，則無非是在客觀底外界的最內者（主觀）的必然的映寫，從了主觀底法則，生長着的有機體的活動的表面，是從熾熱的核心出來的濺滴而有生的氣息，是 Protuberanz（日蝕盡時的邊緣的紅光）。」「唯感情的恍忽（Ekstase），唯作用於本身心靈的飛躍力的反動，纔造新藝術。」「詩的職務，在使現實從牠現象的輪廓脫走，在克服現實。但這並非就用現實的手段，也並不迴避現實，却在更加熱烈地擁抱現實，憑了精神的貫穿力和流動性和解明的憧憬，憑了感情的强烈和爆發力，以征服，制馭牠。」那崇尙主觀，輕視現實之處，表現主義是和新羅曼派相像的，但和新羅曼派之避開自然不同，表現主義却是對於現實的爭鬬，現實的克服，壓服，解體，變形，改造。表現派又排斥象徵。他們是在搜求比起「奇怪的花紋」似的象徵來，更其强烈，深刻，有着詩底效力的簡潔，直截，濃厚的言語。這也是和新羅曼派的傾向之一的象徵主義不同的地方。既然是表現出這樣的主觀狀態，感情的爆發，狂喜，恍忽的言語，則其破壞言語的論理和文法（許多表現派的抒情詩和斯台倫哈謨的文章裏，是省去冠詞的），終至於以沒有音節的叫聲，孩子的片言和吃音（雜誌「行動」上，就有吃音派（Stammler）的詩人）之類的東西，爲最直截，最完全的主觀的表現，也是自然之勢了。有着這樣的主張的一派，曰踏踏主義（Dadaismus），那運動也起源於戰事勃發的時候，發宣言，印年報，設俱樂部，盛行宣傳，但我還沒有詳知其內容，所以這里且不講。只是認眞的，藝術底的表現主義者，却拒斥着踏踏主義，但這是不徹底的，是矛盾的。要而言之，表現派的表現手段，卽言語所易於陷入的弊病，是正如一個批評家所言，是誇張癖，「極端癖」(Manirismus des Extremen)。其實他們的文章也太强烈，太濃厚，至少，在我們外國人，是很有難於懂得的地方。

恍忽的表現，大抵是抒情詩的領域，但表現主義在小說上的立足點是怎樣呢？關於這事，且譯載一節忽德那的論文罷：——

「千九百年頃的小說家們，是以敍述和描寫，爲自己目的的，但新時代的小說家的藝術，則常有一種目標。這目標，並非先前似的是藝術(l'art pour l'art)，而是生活(Leben)，要進向和存在的意義相關的永遠的認識去，文學要干涉人生，卽要對於人生的形成，給以影響。」

「舊小說家想由他的著作，給與興味和娛樂，新小說家則想給與感動，且使向上。前者描寫外底現實，後者改造實在，而完成高尙的現實。」

「自然派和寫實派因爲要曝露人間的機制，探究使牠發動的諸原動力，卽刺激和神經和血，所以解剖人間。他們從事于心理研究，供給心理學的參考材料，他們所顯示的，是以人爲環境卽特殊的境遇和國民底氣候的奴隸。但他們將實在解釋爲賦與的，不可動的，不能勝的東西。他們的著作是現實的描寫，是世界的映象。」

「新詩人將人放在著作的中心。惠爾莽勒（Werfel）大呼曰：『世界始于人！』然而新作家所要給與的，不是心理學，而正是心。並不想發心靈的秘密，而以心靈的發展爲目的。他們並不敍述個人的受動狀態，而使人行動。在自然派，人是藝術的客體，而在表現派則是主體。就是，人行動。反抗現實，和現實戰鬬。」「人不是被造物，而是創造者。」

「先前的小說和故事的精神，只在樣式（作風），現在的創作的精神，則是詩人的主義和信仰。現代的新進作家的這思想，是在戰爭的艱難時代，成熟于苦惱之中的。這是對于靈魂之力的信仰。而且（不以一切慘虐的經驗爲意）是對于仁愛的宗教，地上的樂園，人間的神性的信仰。」

這人道主義，以及跨出文藝的領域，要成實行的傾向，稱爲「行動主義」（Aktivismus, Aktualismus），是表現主義的顯著的特色之一。也有根據了這人道主義，活動主義和超物質主義，心靈主義，來論述表現主義在教育上價值之大的。新到的一種日報上，還載着對於主張用表現主義於地理學上的效果的一部書的評論。

表現主義在德國文壇和一般思想界的勢力，現在正如燎原之火一般。表現派的詩歌，繪畫，彫刻，音樂，到處驚着人目。在美術，尤其是在繪畫上的表現主義，聽說已爲有教養的人士所理解，所賞鑒了，但在野草很多的文壇，却還未必一定徹底。有人說，將來的大文藝。是必在表現主義的原野上結果的，而又有人則以爲表現主義已經臨近了沒落的時候。還有一種顯著的見解，是將表現主義當作病底現象看。有名的瑞士士烈息的心理分析學者斐斯多（Dr. O. Pfister），曾在所著的「表現派繪畫的心理學底及生物學底根柢」上，敍述着自己做了主治醫生，所經手的憂鬱症的病人，卽一個出名的表現派畫家的心理分析；於是依據了那結果，將表現主義斷定爲精神上藝術上的病底現象。當醫治這病人的期間，他曾經要他畫過幾回畫，但全像孩子的塗鴉一般。待到詳細檢查了各部分，徹底底地行了心理分析之後，纔知道無論那一張畫，都是含有意義，表現着一種心底狀態的表現主義底作品。凡所畫的人物，無不歪斜，楚酷，支離滅裂，顯着悲慘，殘忍，悒鬱，悽愴的表情。而大半是他的愛妻的肖像。病人也畫了主治醫生的肖像，但其支離滅裂也相同。並且畫出奇怪之至的自畫像來，批評道「傑作一」，「可怕的深邃」。據病人所自述，則他是在非常的逆境裏，前途絕無希望，爲愛妻所棄，爲人們所憎，爲一切的惡意和暴力所迫害，在所有的惡戰苦鬬上受傷，受苦。雖然如此，但對於「和他的眞自我相等的一種理想」，是抱着熱烈的憧憬和愉快的希望的。這就是說，他想仗着繪畫，表現出這鱗傷的心底狀態來，聊以自解。斐斯多更聚集了別的類似之點，歸納之而得一個斷案。那是這樣的——極端的表現主義的眞髓，是藝術來描寫他的心底狀態。然而一切藝術家，尤其是表現派的藝術家，乃是苦惱的人們；大抵是和家族，社會，國家等相衝突，在現實界站不住了的人們。藝術家想逃脫這苦惱，但那手段，目下是逆行(Regression)。逆行云者，就是回到先前的發展狀態去。譬如算錯了煩難的計算的人，再從頭算過一回似的。凡精神底地入了窮塗的人，倘再要前進時，一定遵這逆行的過程，大概又歸於小兒狀態。這逆行和在精神病人的不同之處，病人是永久止於小兒狀態的，而這却相反，一旦達到或一地點的復歸，便入了恢復期，而進行(Progression)又開始了。「從苦楚的經驗得來的被外界所推開了的認識的主體，逃竄於自己的內部中，而將自己放在世界創造者的位置上。表現派藝術家的非常的自尊心，並不是自負，乃是心理上有着深的根柢的體驗，也是對於被現實界所驅逐而成了孤獨的人格，防其崩壞的必要的手段。」畫出將要倒壞似的房子來的藝術家的靈魂，是也在將要倒壞的狀態的。

以上，眞不過是斐斯多的意見的一斑，但要以此來說明表現主義的文藝上的現象的全部，却未免太大膽，太小題大做了。況且精神病學者是從崙勃羅梭，梅彪斯等起，就有將異常的精神現象，只是病理學底地來解釋的傾向的，斐斯多也不出此例。大約斐斯多是以爲藝術的理想，只在自然的忠實的模仿或自然之眞（Naturwahrheit）的罷？對於體現着表現主義精神的中世的宗敎底藝術品和日本畫，他莫非也用病底現象來解釋麼？這且勿論，惟他將表現主義看作精神底逆行的現象，却是有趣而適切的見解。表現主義者們，是將近代的物質底文化和由此而生的藝術，看作已經碰壁，已經破產了的，所以他們背過臉去，向了爲文化和藝術本源的精神及靈魂逆行，想以這本源爲出發點，更取了新的方向而進行。是從新的播種，是世界的再建，改造，革命。正如十八世紀及十九世紀的文藝革新運動，高呼「歸於自然」一般，他們是高呼「歸於靈魂」的 Stürmer und Dränger（飆與浡起者）。懂得了這意思，這纔明白表現主義在文藝史上的意義的。

在德國文壇上的表現派文士，非常之多，說新進文士幾乎全是表現派，也可以罷。抒情詩則錫開勒，惠爾弗勒，勃海爾（Becher），藹崙斯坦因（Ehrenstein），渥勒芬斯坦因（Wolfenstein），克拉蓬特（Klabund）等。戲曲則哈然克萊伐（Hasenclever）凱撒（Georg Kaiser）兩人爲巨擘，都是才氣橫溢的少壯詩人，這數年間，發表了十指有餘的著作了。近時則望溫盧（Fritz von Unruh）之才，爲世所知，聽說其聲譽還出於老蒿普德曼（Karl Hauptmann）之上。此外，還有斯台倫哈謨，約司德（Johst），珂崙弗耳特（Kornfeld）以及死於戰事，世惜其才的梭爾該（Sorge）等。小說則有藹特昂密特（Edschmid），凱孚凱（Kafka），華勒綏爾（Walser）等。就中，藹特昂密特的「瑪瑙球」（Die achatenen Kugeln），是極出名的，他的關於表現主義的論文集，也爲文壇所重。此外，新詩人的輩出，幾乎應接不暇，彷彿要令人覺得來論表現主義，時期還未免有些太早似的。現在且暫待形勢的澄清，再來作徹底底的研究罷。

—譯自「現代的德國文化及文藝」。—

小說的瀏覽和選擇

拉斐勒・開培爾

上

我以爲最好的小說是什麽，又，小說的瀏覽，都有可以獎勵的性質麽：這是你所願意知道的。

西洋諸國民，無不有其眞大的小說文學，也富于優秀的作品。所以要對答你的詢問，我也得用去許多篇幅罷。但是我一定還不免要遺漏許多有價值的作品。——對于較古的時代的小說——第十七八世紀的——在這里就一切從略，你大槪到底未必去讀這些小說的，雖然我以爲 Grimmelshausen's Simplicissimus 中的風俗描寫，或者 Uhland 的卓拔的「希臘底」小說等類，也會引起你興味來。在這里，就單講近世的罷。

嚴格的道學先生和所謂「敎育家」，「學者」之中，對於小說這東西，尤其是近代的「風俗小說」，抱着一種偏見，將瀏覽這類書籍，當作耗費光陰，又是道德底腐敗的原因，而要完全排斥牠的，委實很不少。耗費光陰，——誠然，也未始不能這樣說。爲什麼呢？因爲在人生，還有比看小說更善，也更重要的工作；而且貪看小說，荒了學課的兒童，是不消說，該被申斥的。但是，這事情，在別一面，恐怕是可以稱揚的罷。想起來，少年們的學得在人生更有用更有價値的許多事，難道並沒有較之在學校受敎，却常常從好小說得來的麼？——較之自己的敎科書上的事，倒是更熟悉于司各得（W. Scott），布勒威爾（Bulwer），仲馬（Dumas）的小說的不很用功的學生，我就認識不少，——說這話的我，在十五六歲時候，也便是這樣的一個人。但是，因爲看了小說，而道德底地墮落了的青年，我却一個也未曾遇見過，我倒覺得看了描寫「近代的」風俗的作品，在平正的，還沒有道德底地腐敗着的讀者所得到的影響，除了單是「健全」（Heilsam）之外，不會有什麼的。大都市中的生活，現代的家庭和婚姻關係，對於「肉的享樂」的曠野的追求，各樣可鄙的成功熱和生存競爭，讀了這些事情的描寫，而那結果，並不根本底地擺脫了對于「俗界」的執著，却反而爲這樣文明的描寫所誘惑，起了模倣之意的人，這樣的人，是原就精神底地，道義底地，都已經墮落到難于恢復了的，現在不得另叫小說來負罪。繙讀託爾斯泰的使人戰慄的"Kreulzer Sonata"和「復活」，左拉(E. Zola)的「盧貢家故事」的諸篇，摩泊桑(Guy de Maupassant)的"Bal ami"以及別的風俗描寫的時候，至少，我就催起恐怖錯愕之念來，同時也感到心的淨化。斯巴達人見了酩酊的海樂忒(斯巴達的奴隸)而生的感得，想來也就是這樣的罷。而且，這種書籍，實在還從我的內心喚起遯世之念，並且滿胸充塞了嫌惡和不能以言語形容的悲哀。看了這樣的東西，是「人類的一切悲慘俱來襲我」的，但我將這類小說，不獨是我的兒子，即使是我的女兒的手裏，我大概也會交付，毫不躊躇的罷。而且交付之際，還要加以特別的命令，使之不但將這些細讀，還因爲要將自己放在書中人物的境遇，位置，心的狀態上，一一思索之故，而傾注其全想像力的罷 。 對于這實驗的結果，我別的並無罣念。——我向你也要推薦這類近代的風俗小說，就中，是兩三種法蘭西的東西，例如都德的「財主」（A. Daudet, Le Nabob）和弗羅培爾的「波伐黎夫人」（I. Flaubet, Mme. Bovari），是眞個的藝術底作品 。——但是，更是惹你的興味的，也如在我一樣，倒是歷史小說，而且你已經在讀我們德國文學中的最美的之一——卽 Scheffel的"Ekkehard"了。這極其出色之作 ，決不至于會被廢的 ，蓋和這能夠比肩者，在近代，只有瑪伊爾（K. F. Meyer）的歷史譚——卽「聖者」（Der Heilige），「安該拉波吉亞」（Angcla Borgia），「沛思凱拉的誘惑」（Die Versuchung des Peskara）及其他罷了。還有，在古的德國的歷史小說和短篇小說中，優秀的作品極其多。就是亞歷舍斯（Millbald Alexis）的著作的大部分，斯賓特萊爾（Spindler）以及尤其是那被忘却了的萊孚司（Rehfues）的作品等。又如蒿孚（Hauff）的"Lichtenstein"和"Jnd Suesse"，庫爾茲（H. Kurz）的"Schillers Heimatjahre"，霍夫曼（Wm. Hoffmann）的"Doge und Dogaresse"和"Fraeulein von Scuderie"等，今後還要久久通行罷。——大概在德國的最優的小說家的作品中，是無不含有歷史小說的。但這時，所謂「歷史底」這概念，還須解釋得較廣汎，較自由一點；即不可將歷史的意義，只以遼遠的過去的事象呀，或是諸侯和將軍的生涯中的情節呀，或者是震撼世界的案件呀之類爲限。倘是值得歷史底地注意的人格，則無論是誰的生涯，或其生涯中的一個插話，或則是文明史上有着重大的意義的有趣的事件或運動，只要是文學底地描寫出來的，我便將這稱爲歷史底文學，而不躊躇，例如美列克的「普拉革旅中的穆札德」（Moerike, Mozart auf der Reise nach Prag），斯退倫的「最後的人文主義者」（Adolf Stern, Die letzten Humanisten），谷珂的「自由的騎士」（Gutzkow, Die Ritter vom Geist）和「羅馬的術人」（Der Zauberer von Rom）（指羅馬敎皇），克拉思德（H. Kleist）的「Michael Kohlhaas」，左拉的「崩潰」（Débacle），不，恐怕連他的"Nana"——因其文化史底象徵之故——，還有，連上面所舉的都德的

「財主」也在內。——如你也所知道的一樣，普通是將小說分類爲歷史底，傳記底，風俗，人文，藝術家和時代小說的。但是，其實，在這些種類之間，也並沒有本質底差別：歷史小說往往也該是風俗小說，而又是人文小說的事，是明明白白的。又，倘使這（如 R. Hamerling 的"Aspasia"）是描寫藝術史上的重要的時代（在 Aspasia 之際卽 Perikles 時代）的，或則（如在 Brachvogel 的"Friedeman Bach"和"Banmarchais"）那主要人物是著名的藝術家或詩人，則同時也就是傳記底小說，也就是「藝術家小說」了。在將「文藝復興」絢爛地描寫着的梅壘什珂夫斯奇（D. S. Merezhkovsky）的「羣神的復活」裏，這些種類，是全都結合了的。——順便說一句：「時代小說」（Zeitroman）這一個名詞，是可笑的——凡有一切東西，不是都起于「時」之中的麼！如果這名詞所要表示的，是在說這作品的材料，乃是起于現代的事件，則更明瞭地，稱爲「現代小說」就是了。——

下

至于自司各得以至布勒威爾的小說，也不待現在再來向你推薦罷。在這一類小說上，司各得大概還要久稱爲巨匠，不失掉今日的聲價；又，布勒威爾的「朋卑的末日」(The Last Day of Pompeii)，則在 Kingsley 的「Hypatia」，梅壘什珂夫斯奇的「羣神之死」，顯克微支 (H. Sienkiewicz) 的「你往何處去」(Quo Vadis?)，Ernst Eckstein 的「Die Claudier」及其他許多小說上就可見，是成了敍述基督敎和異敎底文化之間的反對及戰鬥的一切輓近小說的原型的，——羅馬主義 (Romanentum) 與其强敵而又是勝利者的日耳曼主義 (Germanentum) 的鬥爭，則在 Felix Dahn 的大作「羅馬奪取之戰」(Ein Kampf um Rom) 裏，以很有魅力之筆，極美麗地描寫着。這小說，普通是當作 Dahn 的創作中的主要著作的，但是，與其這一種，我却願意推舉他後來的，用了一部分押着頭韻的散文體所寫的「亞甸的慰藉」(Odiens

Trost)。我從這所描寫的日耳曼的宗教以及其英雄底而且悲壯的世界觀所得的强有力的印象，可用以相比較者，只有跋格納爾 (R. Wagner) 的「Der Ring des Nibelungen」所給與于我的而已。

次于 Dahn，以極有價值的作品來豐饒歷史小說界者，是 Taylor (眞名 Hausrath，是哈兌堡大學的神學教授)，Ebers，Freytag 等。而且他們是仗了那些作品，證明着學者和教授也可以兼爲詩人，即能夠將那研究的結果，詩底地描寫出來的。由此看來，若干批評家的對于所謂「教授小說」(Proffesoren Roman)，往往看以輕侮的眼的事，正如許多音樂家不顧及大多數的大作曲家也是樂長 (Kapellmeister) 的事實，而巧妙地造出了「樂長音樂」(Kapellmeister Musik) 這句話，却用以表示輕蔑的意思，猶言缺乏創意的作曲者，是全然不當，而且可笑的。——大概，凡歷史底作品，不論是什麼種類，總不得以學究底準備和知識爲前提，但最要緊的，是使讀者全不覺察出這事，或者竭力不使覺察出這事，又或者在本文之中，不使感知了這事。——所謂「敎授文學」這東西，事實上確是存在的，但我所知道者，却正出于並非敎授的人們之手。使人感到困倦無聊者，並非做詩的學者，而是敎授的詩人；用了不過是駁雜的備忘錄的學識，他們想使讀者喫驚，但所成就，却畢竟不過使自己的著作無味而乾燥。將這可笑的衒學癖的最燦然的例，遺留下來的，是弗羅培爾（Gustave Flaubert）和雩俄（Victor Hugo）。前者在「聖安敦的誘惑」（La tentation de St. Antoine）裏，後者則在「笑的人」（L'homme qui rit）以及「諸世紀的傳說」（L'égende des Siécles）裏。但是，要而言之，歷史底「敎授小說」的——而且令人磕睡的本義的「敎授小說」的——理想底之作，則是「Salammbo」！和這相類的拙笨事，是希望影響及于許多人，而且願意誰都了解的文學家，却來使用那只通行于或一特殊的社會階級中的言語（Jargon），或者除了專門家以外卽全不知道的術語，而並不附加一點說明。對于良趣味的這迂拙的辦法或罪惡，是近代自然主義者最爲屢犯的。我想，從頭到底，懂得左拉的「Gérminal」的讀者，恐怕寥寥可數能。如果是一五一十，懂得其中的話的人們，究竟會來看這一部書不會呢？——

良好的歷史文學和近代的風俗小說，在我，是常作爲最上的休養和娛樂的。自然，我所反反覆覆，閱着，或者繙檢，而且不能和這些離開的作品，委實也不過二十乃至三十種的我所早經選出的故事——意大利的東西，即 Manzoni 的「約婚的男女」，也在其內的。——我在這三十種的我的愛讀書之中，我即能得到我對于凡有小說所要求的一切。這些小說，將我移到古的時代和未知的文明世界去；將我帶到那在我的實生活上決沒有接觸的機會的社會階級的人們裏。而且也將許多已經消去的親愛，再帶到我的面前來。——詩人的構想力（Phantasie），藝術和經驗所啓示于我的世界，在我，是較之從我自己的經驗所成的現實世界，遠有着更大的價值和意義的。這也並非單因爲前者是廣大而豐富得多，乃是詩人的豫感能力（Antizipations Vermoegen），比起我的來，要大到無限之故。這力，是詩人所任意驅使，而且使詩人認識那全然未見的東西，全然在他的地平線之外的東西，和他的性質以及他的自我毫無因緣的東西，並且不但能將自己移入任何的靈魂和心情生活而設想而已，還能更進而將自己和牠們完全同化的。——我之所以極嫌惡旅行，極不喜歡結識新的相識，而且竭力地——只在萬不得已的時候——不涉足于社會界者，就因為我之對于世界和社會，不獨要知道牠的現實照樣，還要在那真理的姿態上（卽柏拉圖之所謂Idea的意思）知道牠的緣故。而替代了我，來做這些事的，則就是比我有着更銳敏的感官和明晰的頭腦的詩人和小說家。假使我自己來擔任這事，就怕要漏掉大部分，或者不能正確地觀察，或者得不到啓發和享樂，却反而只經驗些不快和一切種類的掃興的罷。——

開培爾博士（Dr. Raphael Koeber）是俄籍的日耳曼人，但他在著作中，却還自承是德國。曾在日本東京帝國大學作講師多年，退職時，學生們為他集印了一本著作以作紀念，名曰「小品」（Kleine Schriften）。其中有一篇「問和答」，是對於若干人的各種質問，加以答覆的。這又是其中的一節，小題目是「論小說的瀏覽」，「我以爲最好的小說」。雖然他那意見的根柢是古典底，避世底，但也極有確切中肯的處所，比中國的自以爲新的學者們要新得多。現在從深田，久保二氏的譯本譯出？以供青年的參考云。

一九二五年十月十二日，譯者附記。

東西之自然詩觀

廚川白村

一

揭了這個大大的問題，來仔細地講說，是並非二十張或三十張的稿子紙所能完事的。便是自己，也還沒有很立了頭緒來研究過，所以單將平素的所感，不必一定顧着理路，想到什麼便寫出什麼，用以塞責罷。

宇宙人生的一切現象，若映在詩眼裏，那不消說，是一切都可以成爲文藝的題材的。爲考察的便宜起見，我姑且將這廣泛的題材，分爲（1）人事，（2）自然，（3）超自然的三種，再來想。第一的人事，用不着別的說明；第二的自然，就是通常所謂天地，山川，花鳥，風月的意思的自然；那第三的超自然，則宗教上的神佛不待言，也包含着見于俗說街談中的一切妖怪靈異的現象。這三種題材，怎樣地被詩人所運用呢，那相互的關係，又是怎樣的？將這些一想，在研究詩文的人，是最重要，也是饒有興味的問題。我現在取了第二種，來述說東西詩觀的比較的時候，也就是將這便宜上的分類作爲基礎的。

二

先將那十八世紀以前的事想一想。

爲歐洲文化的源泉的希臘的思想，是人間本位。揭在亞波羅祠堂上面的「爾其知己」的話，從各種的解釋看去，是這思潮的根柢。所以雖是對于自然，那態度也是人間本位，將自然和人間分離的傾向，很顯著。或者可以姑且稱爲「主我底」罷。像那歷來的東洋人這樣，進了無我，忘我的心境，將自己沒入自然中，融合于其懷抱之風，幾乎看不見。東洋人的是全然離了自我感情，自然和人間合而爲一，由此生成的文學。希臘的却從頭到底是人間本位，將自然放在附屬的地位上。雖然從荷馬（Homeros）的大詩篇起，那裏面就已經有了古今獨絕的雄麗的自然描寫，但上文所說這一端，我以爲有着顯明的差異。

歐洲思想的別一個大源泉，是希伯來思想。但這又是神明本位，將超自然看得最重；以爲自然者，不過是神意的顯現罷了。將人間的一切，奉獻于神明，拒斥快樂美感的禁慾主義的修士，當旅行瑞士時，據說是不看自然的風景的。後來，進了文藝復興期，像那通曉古文學，極有教養的藹拉士謨斯（Erasmus）那樣的人，要知道他登阿爾普斯山時，有什麼看見，有什麼惹心呢，却還說道那不過是悒鬱的客店的惡臭，酸味的葡萄酒之類，寫在書信裏。從瑞士出意大利之際，負着萬古的雪的山嶽美，是毫沒有打動了他的心的。這樣的心情，幾乎爲我們東洋人所不能理解，較之特地到遠離人煙的山上，結草菴，友風月的西行和芭蕉的心境，竟不妨說，是幾乎在正反對的極端了。爲近代思想的淵源的那文藝復興期，從詩文的題材上說，也不過是「超自然」的興味轉移爲對于「人間」的興味而已。歐洲人眞如東洋人一樣，覺醒于自然美，那是自此一直後來的時代的事。

三

西洋的詩人眞如我們一樣，看重了自然，那是新近十八世紀羅曼主義勃興以後的事情。看作僅僅最近百五十年間的事，就是了。在這以前的文學裏，也有着對于自然的興味，那當然不消說；但大抵不過是目錄式的敍述或說明。是 observation 和 description ，而還未入于 reflection 或 interpretation 之域的。或者以人事或超自然爲主題，而單將這作爲其背景或象徵之用。便是描寫田園的自然美的古來的牧歌體，或者沙士比亞的戲曲呀，但丁的「神曲」呀，彌耳敦的「失掉的樂園」似的大著作，和東洋的詩文來一比較，在運用自然的態度上，就狠有疏遠之處。深度是淺淺的。總使人，神，惡魔那些東西，和自然對立，或則使自然爲那些的從屬的傾向，較之和漢的抒情詩人等，其趣致是根本底地不同。

離了都會生活的人工美，而眞是企慕田園的自然美的心情，有力地發生于西洋人的心中者，大概是很受盧梭的「歸于自然」說的影響的罷；近世羅曼主義之對于這方面特有顯著的貢獻的，則是英國文學。英吉利人，尤其是蘇格蘭人，對于自然美，向來就比大陸的人們遠有着銳敏的感覺；即以庭園而論，與那用幾何學上的線所作成的法蘭西式相對，稱爲英吉利式者，也就如支那日本那樣，近于摹寫天然的山水照樣之美的。在文學方面，則大抵以十八世紀時妥穆生（James Thomson）從古代牧歌體換骨脫胎，歌詠四時景色的四季（The Seasons）這一篇，爲這思想傾向的淵源。不獨英吉利，便在法國和德國的羅曼派，也受了這篇著作的影響和感化；至于近代的歐洲文學，則和東洋趣味相像的 Love of nature for its own sake 起得很盛大了。後來出了科爾律支（S. T. Coleridge）渥特渥思（W. Wordsworth）以後的事，那已經無須在這里再來敍述了罷。

有如勃蘭兌斯（G. Brandes）「十九世紀文學的主潮」第四卷所說那樣，讚美自然的文學漸漸地發達，而這逐產生了在今日二十世紀的法國，崇奉爲歐洲最大的自然詩人如祥謨（Francis Jammers）那樣的人物之間，我以爲西洋人的自然詩觀，是逐漸變遷，和我們東洋人的漸相接近起來了。

倘照西洋人所常說的那樣，以文藝復興期爲發見了「人間」的時代，則十八世紀的羅曼主義的勃興，在其一面，也可以說，確是發見了「自然」的罷。

這在繪畫上也一樣。眞的山水畫，風景畫之出于歐洲，也是這十八世紀以後的事。便是文藝復興期的天才，最是透視了自然的萊阿那陀（Leonardo da Vinci），風景也不過是他的大作的背景。拉斐羅（Raphaelo）的許多聖母像上，山水也還是點綴。荷蘭派的畫家，也都這樣。這到十八世紀，遂爲英國的威勒生（Wilson），爲侃士波羅（Gainsborough）。待到康士泰勃(J. Constable）和泰那（Turner）出，這纔有和東洋的山水畫一樣意義的風景畫。人物爲賓，自然爲主的許多作品，進了十九世紀，遂占了歐洲繪畫的最重要的位置。于是生了法蘭西的科羅（Corot），爲芳丁勃羅派；從密萊（Millet）而入印象主義的外光派，攫捉純然的自然美的藝術，遂至近代而大成。

日本的文學中，並無使用「超自然」的宗教文學的大作，也沒有描寫「人間」，達了極致的沙士比亞劇似的大戲曲。這也就是日本文學之所以出了抓得「自然」的真髓，而深味其美的許多和歌俳句的抒情詩人的原因罷。

四

從外國輸入儒佛思想以前的日本人，是也如希臘人一樣，有着以人間味爲中心的文學的。上古更不竢言，「萬葉集」的諸詩人中，歌詠人事的人就不少。有如山上憶良一樣，不以花鳥風月爲詩材，而以可以說是現在之所謂社會問題似的「貧窮問答歌」那樣，爲得意之作的人就不少。但是，一到以後的「古今集」，則即使從歌的數量上看，也就是「四季」六卷，「戀」五卷，自然已經成了最重要的題材。其原因之一部分，也許是日本原也如希臘一般，氣候好，是風光明媚之國，和自然美親近慣了，所以也就不很動心了之故罷。有人說，但是自從受了常常讚美自然的支那文學的感化以後，對于在先是比較底冷淡的自然之美，這纔眞是覺醒了。我以爲此說是也有一理的。

自從「萬葉」以後的日本詩人被支那文學所剌戟，所啓發，而歌詠自然美以來，在文學上，即也如見于支那的文人畫中那樣。漁夫呀，仙人呀，總是用作山水的點綴一般，成了自然爲主，人物爲賓的樣子了。然而日本的自然，並沒有支那似的大陸底的雄大的瑰奇，倒是溫雅而瀟灑，明朗的可愛，可親的。使人恐怖，使人陰鬱的景色極其少。尤其是平安朝文學，因爲是宮庭臺閣的貴公子——所謂「戴着櫻花，今天又過去了」的大官人的文學，所以很寬心，沒有悲痛深刻之調，對于自然，惟神往于其美，而加以讚歎謳歌的傾向爲獨盛。此後，又成爲支那傳來的仙人趣味，入了鎌倉時代，則加上宗敎底的禪味的分子，于是將西洋人所幾乎不能懂得的詩情，卽所謂雅趣，俳味，風流之類，在山川，草木，花鳥，風月的世界裏發見了。現代的殺風景，沒趣味的日本人，至今日竟還能出人意外地懂得賞雪酒，苔封的庭石，月下的蟲聲之類，爲西洋人的鑑賞之力所不及的 exquisite 的自然味者，我想，是只得以由于上文所說似的歷史底關係來作解釋的。

五

西洋人這一流人，是雖然對着自然，而行住坐臥，造次顚沛，總是忘不掉「人間」的人種。他們無論關園，無論種樹，倘不硬顯人工，現出「人間」這東西來，是不肯干休的。倘不用幾何上的線分劃了道路，草地，花圃，理髮匠剃孩子的頭髮一般在樹木上加工，就以爲是不行的。較之雖然矯枝刈葉，也特地隱藏了「人間」，忠實地學着自然的姿態的東洋風，是全然正反對的辦法。將日本的插花和西洋的花束一比較，也有相同之感。

東洋人和自然相對的時候，以太有人間味者為「俗」，而加以拒斥。從帶着仙骨的支那詩人中，尋出白樂天來，評其詩為俗者，是東洋的批評家。往年身侍小泉八雲（Lafcadio Hearn）先生的英文學講筵時，先生曾引用了阿爾特律支（Thomas Bailey Aldrich）之作，題曰「紅葉」的四行詩——

October turned my maple's leaves to gold.
The most are gone now, here and there one lingers:
Soon these will slip from aut the twig's weak hold,
Like coins between a dying mister's fingers.

而激賞這技巧。然而無論如何，我總不佩服。將落剩在枝梢的一片葉，說是好像臨死的老爺的指間揑着錢的這句，以表現法而論，誠然是巧妙的。但是，在我們東洋人眼中，却覺得這四行詩是不成其爲詩的俗物。這就因爲東洋人是覺得離人間愈遠，入自然中愈深，却在那里覓得眞的「詩」的緣故。

東洋的厭生詩人雖棄人間，却不棄自然。卽使進了宗敎生活，和超自然相親，也决不否定對于自然之愛。豈但不否定呢？那愛且更加深。西洋中世的修士特意不看瑞士的絕景而走過去的例，在東洋是絕沒有的。這竟可以說，厭離「人間」，而抱于「自然」之懷中；于此再加上宗敎味，而東洋的自然趣味乃成立。在西洋，則憎惡人間之極，遂懷自然的裴倫（G. Byron）那樣厭生詩人之出世，不也是羅曼主義勃興以後的事，不過最近約一百年的例子麽？雖然厭世間，捨妻子，而西行法師却還是愛自然，與風月爲友，歌道「在花下，酒家死去罷」的。

—譯自「走向十字街頭」。—

西班牙劇壇的將星

廚川白村

一　羅曼底

讀了二葉亭所作的「其面影」的英譯本，彼國的一個批評家就喫驚地說道，在日本，竟也有近代生活的苦惱麼？英美的人們，似乎至今還以爲日本是花魁（譯者註：謂妓女）和武士道的國度。和這正一樣，我們也以爲西班牙是在歐洲的唯一的「古國」；以爲也不投在大戰的旋渦裏，也不被世界改造的濤頭所捲去，至今還是正在走着美麗的羅曼底的夢的別世界中。這就因爲西班牙的人們，也如日本人的愛看裸體角力一樣，到現在還狂奔於殘忍野蠻的鬬牛戲；也如日本人的喜歡舞妓的傀儡模樣一樣，心賞那色采濃豔的西班牙特有的舞姿；而其將女人幽禁起來，也和日本沒有什麼大差的緣故。

羅曼主義是南歐臘丁系諸國的特有物。中歐北歐的諸國，早從羅曼底的夢裏醒過來了的現在，然而在生活上，在藝術上，還是照舊的做着羅曼斯的夢者，也不但西班牙；意大利也如此。近便的例，則有但農契阿（d'Annunzio）在斐麥問題的行動，雖然使一部分冥頑的日本人有些佩服了，而其實是出于極陳腐的過時的思想的。卽不外乎不值一顧的舊羅曼主義。這樣看來，便是但農契阿的藝術，如「死之勝利」，如「火燄」，如「快樂兒」，尤其是他的抒情詩，也都是極其羅曼底的作品。只有顯現於實行的世界的時候，便成爲斐麥事件似的很無聊的狀況的羅曼主義了。而被表現的時候，還有很可以打動現代的人心的魅力。所以我們之敬服他的作品者，卽與我們現在被了永久地，新的永久地，有着華美的永遠的生命的「藝術」的衣服，而被表現的時候正相同。對於舊時代的武士道毫無與趣的人們，看了戲劇化的「忠臣藏」的戲文，還爲陳舊的雩俄（Hugo）的羅曼主義所動。讀了「哀史」和「我后寺」而下淚的時候，卻也覺得有趣。因爲在這里是有着藝術表現的永遠性，不朽性的。總之，用飛機來鬧嚷一通的但農契阿的態度，卽可以當作那客死在靡梭倫基的拜倫（Byron）的羅曼主義觀。然而我現在的主意，却並不在議論意大利。

二　西班牙劇

無論如何，西班牙總是凱爾縣（Carmen）的國度。西班牙趣味裏面，總帶着過度的濃豔的色采，藏着中世騎士時代的面影。在昔加勒兌隆（Calderon）以來的所謂「意氣」和「名譽」之類的理想主義，直到現在，還和那國度糾結着。對於難挨的「近代」的風潮全不管；在勞動問題，宗敎問題，婦女問題這些上，攪亂人心的事，也極其少有的。

然而桃源似的生活，是不會永久繼續下去的。倘將外來思想當作不相干的事，便從脚跟，從鼻尖，都會發火。現實的許多「問題」，便毫不客氣，焦眉之急地逼來了。在西班牙，這樣的從羅曼主義到現實主義的思想的推移，在文藝中含着民衆藝術的性質最多的演劇上，出現得最明顯。尤其是從外國人的眼光看來的西班牙文學，自加勒發隆以來，戲曲就佔着最爲重要的地位，乃是不可動搖的事情。

前世紀以來西班牙最大的戲曲家的那遏契喀黎（Echegaray），恐怕是垂亡的羅曼主義剩下來的最後的閃光罷。雖是他，也分明地受了伊孛生（Ibsen）的問題劇的影響。然而，便是和伊孛生的「遊魂」最相像，取遺傳作爲材料的傑作「敦凡之子」，也還是羅曼底的作品；至於「馬利亞那」和「喀來阿德」，則內容和外形，都和近代底傾向遠得多。他在五年前已經去世了。

然而衍這遏契喀黎一脈的新人物迭扇多的戲曲，則雖然也還是羅曼底，而同情却已移到無產階級去。他那最有名的著作「凡賀綏」（一八九五年作）中，就將階級爭鬬和勞資衝突作爲背景描寫着。劇中的主角凡賀綏，殺却了奪去自己的情人的那傭主波珂的慘劇，比起尋常一樣的戀愛悲劇來，已經頗異其趣了。但以近代劇而論，則因爲還帶着太多的歌舞風的古老的羅曼底分子，所以總不能看作社會劇問題劇一類性質的東西。

三　培那文德

但是，現在作爲這國度裏最偉大的一個戲曲家，見知於全歐洲者，是培那文德(Jacinto Benavente)，獨有他是純粹的現實主義者，又是新機運的代表人。作爲羅曼主義破壞者的他的地位，大概可以比培那特蕭(Bernard Shaw)之在英文學罷。將那些討厭地裝着斯文，擺出貴人架子，而其實是無智，游惰，浮滑的西班牙上流社會的臉皮，爽爽快快地剝了下來的他的滑稽劇中，有着一種輕妙的趣致，比起挖苦而且痛快的北歐作品來，自然地很兩樣。尤其是將那擅長的銳利的解剖刀，向着虛僞較多的女性的生活的時候，那手段之高，是格外使人刮目的。

培那文德是著名的醫生的兒子，一千八百六十六年八月十二日生的，所以現在是五十五歲（譯者註：此文一九二一年作）。先在馬特立的大學修法律，因爲覺得無味，便獻身於文字之業，先做起抒情詩和小說來；聽說以詩集而論，也有出色的作品。到一千八百九十三年以後，便完全成了劇壇的人。但到以劇曲作家成名時，也曾出臺饔演；便是現在，也時時自己來扮自作劇本中的脚色。他的開手的作品叫「在別人的窠裏」的，在馬特立的喜劇劇場開演，是一千八百九十四年。然而儘量地站在現實主義的地位上，來描寫時世的他那近代底作風，最初的時候，是很受了些世人，尤其是舊思想家的很利害的迫害和冷遇。然而新思潮的大勢，終於使他成爲今日歐洲文藝界的第一人了。最先成名的是「出名的人們」，「野獸的食料」等，都是對於西班牙上流社會的諷罵。尤其是前一篇，將一個貴族的窮苦的女兒作爲中心人物，用幾個在她周圍的姦惡的利己的人物來對照，描出貴族社會的內幕來，這是以他的傑作之一出名的。

培那文德的戲劇，不消說，是社會批評。但和伊孛生，勃里歐，過爾維這些人的問題劇，卻又稍稍異趣，絕沒有什麼類乎宣傳者的氣味，是用儘量地將現實照樣描寫，就在其中暗示着問題，使人自行思想，自行反省的自然的方法的。雖然也說是寫實劇，但在此人的作品裏，却總帶着西班牙式的華麗的詩趣和熱情。近來又一轉而作可以說是象徵劇的作品，竟也成功了。

聽說他的著作一總有二十卷，近日已經開手於全集的印行。劇本的篇數是八十，創作之外，在翻譯上也動筆，曾將沙士比亞的「空鬧」和「十二夜」等，譯成西班牙文。最近十年來，名聲益見其大，他的作品若干種，已經在和臘丁亞美利加諸國關係最深的美國，譯成英文出版了。 其中如以客觀底描寫最見成功的「知縣之妻」和「土曜之夜」；對于萊阿那陀名畫「約孔陀」的千古不可解的謎的微笑，給了一個新解釋的「穆那理沙的微笑」；以及美麗的童話一般的「從書中學了一切的王子」這些傑作，現在是據了英譯本，雖是不懂西班牙文的我們，也可以賞鑒了。已經英譯的諸作品中，「熱情之花」曾經在美國開演，都知道是收效最多的傑作。

在最近這幾年，爲了大戰而衰微已極了的歐洲文學之中，獨有不涉戰場而得專心於藝術創作的西班牙文壇上，秀拔的作品頗不少。以小說家而爲現在歐洲最大的作家之一的迦爾陀思，也在戲曲上動筆，而且得了成功；昆提羅斯弟兄，瑪爾圭那，里筱斯這些新作家，又接連的出現，使劇壇更加熱鬧。在小說一方面，近來歐洲諸國讀得最多的東西，也就是這國裏的作家伊本納茲的用歐戰的慘劇來作材料的「默示錄的四騎士」（死，戰爭，瘟疫和飢餓）。這作家，是寫實底的，且至於稱爲西班牙的左拉。然而他那描寫上的羅曼底的色采之還很濃厚，則只要併讀他的「伽藍之影」這類的作品，便誰也一定覺得的罷。

四　戲曲二篇

凡聽講戲曲的梗概的，比起那聽講宴會的事情的來，尤爲無趣味。但我爲要介紹培那文德的作風，姑且選出他的兩篇名作，演一回這無趣味的技藝罷。

培那文德的傑作裏面，用農民生活和鄉下小市鎮的上流人物的內幕來做材料的東西是很多的。我現在就將「瑪耳開達」（一九一三年作）和「寡婦之夫」（一九〇八年開演）這兩篇，作為屬於這一類作品的代表者，來簡單地說一說。

「瑪爾開達」是相傳的血腥的殺人悲劇，幾乎可以說是西班牙特有的出名的東西。一個鄉下人的寡婦雷孟台，和第二回的年青的丈夫伊思邦過活，但有一個和前夫所生的女兒叫亞加西亞。雷孟台想給這女兒得一個好女壻，來昵近的男人也很多，而女兒都不理。這也無怪，因為那女兒已經暗地裏和母親的現在的丈夫伊思邦落在戀愛裏了；旁人雖然都知道，獨有母親雷孟台卻未曾覺察出。在第三幕上，雷孟台向着女兒，命她稱自己的丈夫伊思邦為父親。女兒給伊思邦接吻，然而總不能叫出父親來。母親到這里，這纔明白事情的眞相了。當劇烈地責備丈夫的時候，那女兒的熱烈的回答，却是出於意外的事：——

雷孟台　但是你不叫他做父親。她昏迷了嗎？哦！嘴唇對嘴唇，而你緊抱她在你臂上！去，去！現在我知道為什麼你不肯叫他做父親了。現在我知道這是你的過失——我呪詛你！

亞加西亞　是的，這是我的。殺我！這是眞的，這是眞的！他是我所愛的唯一的男子。

女兒是十足的西班牙式的熱情的女人。這熱情的女人的熱烈的言語，遂作爲悲劇的結末，在今則已經野獸一樣，沒有父親，也沒有母親，沒有女兒，只有火燄似的戀愛了。伊思邦遂用鎗打殺雷孟台。

題目的 La Malquerda ，即英語的 Passion Flower（熱情之花），就是西番蓮。這劇本的第二幕裏，有一愛那住在風車近旁的女子的人，將戀愛在惡時；因爲她用了她所愛的愛情而愛，所以有人稱她爲熱情之花」這些意思的歌。雷孟台聽了這歌，就說：

「我們是住在風車近旁的人；那是他們都這樣說我們的。而住於風車近旁的女子一定是亞加西亞，是我的女兒。他們稱她爲熱情之花？就是這樣，是那樣嗎？但是誰是不正當地愛她的？……」

愛她的是誰，雷孟台是不知道的。因爲不知道，所以能達到上文所說似的這悲劇的大團圓。作者先將這歌放在第二幕作爲伏線，並且也就用作這劇曲的題目了。（譯者註：所引劇文，用的都就是張聞天先生的譯本。）

「寡婦之夫」是純粹的喜劇。凡有極其寫實的風俗劇，是往往很受上流先生們的非難和攻擊的；這也一樣，而却是頗得一般社會歡迎的戲文。女的主角加羅里那，是一個國務大臣而且負過一世的重望的政治家的寡妻，但她現在已經和亡夫的同志弗羅連勗成了夫婦了。那事情，是明天就要到亡夫的銅像除幕式的日期了的前一天的事。

加羅里那正在爲難，以爲倘和現在的丈夫弗羅連勗相攜而赴銅像除幕式，不知要受世人怎樣的非議。而銅像建設委員那一面，也因爲和這銅像一同，要立起「眞理」「商業」「工業」這三個女神的裸體像的事，有着各種的反對，爭論正紛紜。

這時，對於加羅里那沒有好感的亡夫的妹子們，便趁着明天的除幕式的機會，將新出版的亡夫的評傳給她看。翻開這書的第二百十四葉來，可登着故人的可驚的信札。這是敍述自己的身世，悲觀將來的述懷，就寄給這書的編纂者凱薩倫喀的。信上說：——

「人生是可悲的。我自有生以來，只有過一回戀愛。只記得愛過一個女人。這就是我的妻。而且只相信一個朋友。這就是友人弗羅連勗。而這妻和這朋友，我雖然獻了生命而不惜的這兩個……唉，我怎樣告白這事呢？雖然連我自己也難以相信，其實是那兩人戀愛着。祕密地，兩面都發狂似的戀愛着的。」

這政治家亡故以後，便成了夫婦的寡婦加羅里那和好友弗羅連勗這兩個人，其實是當他生前，已經陷了這樣的不義的戀愛的事，由了這信札，都被揭破了。弗羅連勗却主張這信是僞造的，要去作誹毀的控訴，並且還說須向凱薩倫喀去要求他決鬭。

然而意外的事，是那評傳的編纂者凱薩倫喀却來訪了。他原也是頗有名聲的文士，但因爲多年在失意之境，所以竟至成了來往鄉間的電影的說明人了（在西洋，西班牙這些地方也如日本一樣，電影是有人解說的）。現在是只要有錢，便什麼文章都肯做。他用話巧妙地賞揚弗羅連昻的材幹，終于反說到亡故的政治家是愚人，在不知不覺之間，早已和弗羅連昻妥協了。並且約定，將那信札是僞造的事，也公表出去。歸結是得了錢便完的，然而問起那緊要的書籍不是已經傳播在世上了麽，則答道可是一部也還沒有人買。於是卽由弗羅連昻拿出二千元來，將初版全部買收了算完事。而在那一面，却還因爲裸體像釀成問題，終於不許女人們參預除幕式，連那緊要的除幕式也延期了。這一場的喜劇，卽以此完結。

以意外的事接着意外的事，令最先故使緊張着的讀者的心情，忽然弛緩下去，而這喜劇卽由此成立。培那文德的喜劇，是大抵以這樣輕妙的特色爲生命的，至於以對於時代風俗的諷罵而論，却還不覺得是怎樣痛烈的作品。我們倒還是在他的悲劇那一面所有的熱情味和深刻味上，認識他在歐洲劇壇的地位，而且看出確是西班牙一流的特色來。

——譯自「走向十字街頭」。——

從淺草來

島崎藤村

在盧梭「自白」中所發見的自己

「大阪每日新聞」以靑年應讀的書這一個題目，到我這里來討囘話。那時候，我就舉了盧梭的「自白」囘答他。這是從自己經驗而來的囘話，我初看見盧梭的書，是在二十三歲的夏間。

在那時，我正是遇着種種困苦的時候，心境也黯然。偶爾得到盧梭的書，熱心地讀下去，就覺得至今爲止未曾意識到的「自己」，被牠拉出來了。以前原也喜歡外國的文學，各種各樣地涉獵着，但要問使我開了眼的書籍是什麼，却並非平素愛讀的戲曲，小說或詩歌之類，而是這盧梭的書。自然，這時的心正搖動，年紀也太靑，不能說完全看過了「自白」；但在模胡中，却從這書，彷彿對于近代人的思想的方法，有所領會似的，受了直接地觀察自然的教訓，自己該走的路，也懂得一點了。盧梭的生涯，此後就永久印在我的腦裏；和種種的煩悶，艱難相對的時候，我總是仗這壯膽。倘要問我怎麼懂了古典派的藝術和近世文學的差別，則與其說是由于那時許多青年所愛讀的瞿提和海納，我却是靠了盧梭的指引。換了話說，就是那賞味瞿提和海納的文學的事，也還仗着盧梭的敎導。這是一直從前的話。到後來，合上了瞿提和海納，而翻開法國的弗羅培爾，摩泊桑，俄國的都介涅夫，託爾斯泰等。在我個人，說起來，就是煩悶的結果。將手從瞿提的所謂「藝術之國」離開，再歸向盧梭了；而且，再從盧梭出發了。聽說，「波跋黎夫人」的文章，是很受些盧梭「自白」的感化的，但我以為弗羅培爾和摩泊桑，不驚于左拉似的解剖，而繼承着盧梭的煩悶的地方，却有趣。更進了深的根柢裏說，則法蘭西的小說，是不能一概評為「藝術底」的。

盧梭的對于自然的思想，從現在看來，原有可以論難的餘地。我自然也是這樣想。但是，那要眞的離了束縛而觀「人生」的精神之旺盛，一生中又繼續着這工作的事，卻竟使我不能忘。恰如涉及枝葉的硏究，雖然不如後來的科學者；又如在那物種之源，生存之理，遺傳說裏，雖然包含着許多矛盾，但我們總感動于達爾文的硏究的精神一般。

我覺得盧梭的有意思，是在他不以什麼文學者，哲學者，或是敎育家之類的專門家自居的地方；是在他單當作一個「人」而進行的地方；一生中繼續着煩悶的地方。盧梭向着人的一生，起了革命；那結果，是產生了新的文學者，敎育家，法學家。盧梭是「自由地思想的人們」之父；近代人的種子，就在這思胚胎。這「自由地思想的人們」裏，不單是生了文學哲學等的專門家，實在還產出了種種人。例如託爾斯泰，克魯巴金這些人所走的路，我以爲乃是盧梭開拓出來的。人不要太束縛于分業底的名義，而自由地想，自由地寫，自由地做，誠然是有意思。生在這樣境地裏的靑年，我以爲現在的日本，也還是多有一些的好罷。

看盧梭的「自白」，並沒有看那些所謂英雄豪傑的傳記之感。他的「自白」，是也如我們一樣，也失望，也喪膽的弱弱的人的一生的記錄。在許多名人之中，覺得他彷彿是最和我們相近的叔子。他的一生，也不見有不可企及的修養。我們翻開他的「自白」來，到處可以發見自己。

青年的書

青年是應當合上了老人的書，先去讀青年的書的。

新生

新生，說說是容易的。但誰以爲容易得到「新生」？北村透谷君是說「心機妙變」的人，而其後是悲慘的死。以爲「新生」盡是光明者，是錯誤的。許多光景，倒是黑暗而且慘澹。

密萊的話

「非多所知道，多所忘却，則難于得佳作。」是密萊的話。這實在是至言。密萊的繪畫所示的素朴和自然，我以爲决不是偶然所能達到的。

單純的心

我希望常存單純的心；並且要深味這複雜的人間世。古代的修士，粗服纏身，擺脫世累，捨家，離妻子，在茅庵裏度那寂寞的生涯者，畢究也還是因爲要存這單純的心，一意求道之故罷。因爲這人間世，從他們修士看來，是覺得複雜到非到寂寞的庵寺裏去不可之故罷。當混雜的現在的時候，要存單純的心實在難。

一日

沒有 Humor 的一日，是極其寂寞的一日。

可憐者

我想，可憐憫者，莫過于不自知的一生了。芭蕉門下的詩人許六，痛罵了其角，甚至于還試去改作他的詩句。他連自己所改的句子，不及原句的事也終于不知道。

言語

言語是思想，是行爲，又是符牒。

專門家

人不是爲了做專門家而生的。定下專門來，大抵是由于求衣食的必要。

淚與汗

淚醫悲哀，汗治煩悶。淚是人生的慰藉，汗是人生的報酬。

伊孛生的足跡

Ibsen 雖有「懷疑的詩人」之稱，但直到晚年，總繼續着人生的研究者的那樣的態度，却是驚人。他並不拋掉煩悶，也不躲在無思想的生活裏；雖然如此，却又不變成摩泊桑和尼采似的狂人。就像在暗澹的雪中印了足跡，深深地，深深地走去的 Borkman 一樣。伊孛生的戲曲，都是印在世上的他的足跡。

近來偶爾在「帝國文學」上看見栗原君所紹介的耶芝的「象徵論」，其中引有威廉勃來克的話：「幻想或想像，是眞實地而且永久不變地，實在的東西的表現。寓言或諷喻，則不過單是因了記憶之力而形成的。」見了這勃來克的話，我就記起伊孛生的"Rosmersholm"來。那幽魂似的白馬，也本是多時的疑問，那時我可彷彿懂得了。

聽說有將伊孛生比作一間屋子的女優，也有比作窗戶的批評家。但在我們，倒覺得有如大的建築物。經過了好多間的大屋子，以爲是完了罷，還有門。一開門，還有屋。也有三層樓，四層樓，也有那 Baumeister Solness 自己造起，却由此墜下而死的那樣的高塔。

伊孛生的肖像，每插在書本子中，雜誌上也常有。但伊孛生的頭髮和眼睛，當眞是在那肖像上所見似的人麼？無論是託爾斯泰，是盧梭，都還要可親一點。這在我委實是無從猜想。

批評

每逢想到批評的事，我就記起 Ruskin 。洛思庚所要批評的，不單是 Turner 的風景畫；他批評了泰那的心所欲畫的東西。

至今爲止，批評戲劇的人是僅僅看了舞臺而批評了。產生了所謂劇評家。這樣的批評，已經無聊起來。此後的劇評，大概須是看了舞臺以外的東西的批評纔是。如果出了新的優伶，則也會出些新的劇評家的罷。而且也如新的優伶一樣的努力的罷。

文學的批評，如果僅是從書籍得來的事，也沒有意味。其實，正確的判斷，單靠書籍是得不到的。正如從事於創作的人的態度，在那里日見其改變一般，批評家的態度也應該改變。

秋之歌

今年的六月，什麼地方都沒有去旅行，就在這巷中，浸在深的秋的空氣裏。這也是十月底的事。曾在一處和朋友們聚會，談了一天閒天。從這樓上的紙窗的闊處，在凌亂的建築物的屋頂和近處的樹木的枝梢的那邊，看見一株屹立在沈靜的街市空中的銀杏。我坐着看那葉片早經落盡了的，大的掃帚似的暗黑的幹子和枝子的全體，都逐漸包進暮色裏去。一天深似一天的秋天，在身上深切地感到了。居家的時候，也偶或在窒人呼吸似的靜的空氣裏，度過了黃昏。當這些時，家的裏面，外邊，一點起燈火來，總令人彷彿覺有住在小巷子中間一樣的心地。

對着向晚的窗子，姑且口吟那近來所愛讀的 Baudelaire 的詩。將自己的心，譬作赤熱而凍透的北極的太陽的「秋」之歌的一節，很浮到我的心上。波特萊爾所達到的心境，是不單是冷，也不單是熱的。這幾乎是無可辨別。我以爲在這里，就洋溢着無限的深味。

倘說，這是孤獨的詩人只是梟一般閃着兩眼，於一切生活都失了興味，而在寂寞和悲痛的底裏發抖罷？決不然的。

「你，我的悲哀呀，還嫻靜着。」他如此作歌。波特萊爾的詩，是勁如勇健的戰士的雙肩，又如病的女人的皮膚一般 dilicate 的。

對於襲來的「死」的恐怖，我以爲可以窺見他的心境者，是「航海」之歌。他是稱「死」爲「老船長」的。便是將那「死」，也想以牠爲領港者；於是直到天堂和地獄的極邊，更去探求新的東西：他至於這樣地說，以顯示他的熱意。他有着怎樣不挫的精神，只要一讀那歌，也就可以明白的罷。

Life

使 Life 照着所要奔馳地奔馳罷。

生活

上了年紀，頭髮之類漸漸白起來，是沒有法想的，——但因爲上了年紀，而成了苛酷的心情，我却不願意這樣。看 Renan 所作的「耶蘇基督傳」，就說，基督的晚年，有些酷薄的模樣了。年紀一老，是誰也這樣的。但便是還很年青的人，也有帶着 Harsh 的調子；即使是孩子，有時也有這情形。

無論做了怎樣的菜去，「什麼，這樣的東西喫得的麼？」這樣說的姑，小姑，是使新婦飲泣的。

什麼事都沒有比那失了生活的興味的可怕。專是「不再有什麼別的麼，不再有什麼別的麼」地責人。高興的時候，倒還不至於這樣，單是無求於人而能生活這一端，也就覺得有意思，有味。例如身體不大健康時，無論喫什麼東西都無味，但一復原，卽使用鹽魚喫茶淘飯也好。

愛憎

願愛憎之念加壯。愛也不足；憎也不足。固執和亂斥，都不是從泉湧似的壯大的愛憎之念而來的。於事物太淡泊，生活怎麼得能豐富？

生的跳躍

聽說航海多日而渴戀陸地者，往往和土接吻。願有愛憎之念到這樣。

在一篇介紹伯格森的文章裏，看見「生的跳躍」這句話。問我們爲什麼要創作，一時也尋不出可以說明這事的簡單而適當的話來。爲麵包麼，似乎也不盡是爲此而創作。倘說是藝術底本能，那不過就是這樣。爲了要活的努力，那自然是不錯的。但是，再沒有說得明細一點的話了麼？

「生的跳躍」這句話，雖然有着陰影，但和創作時候的或一種心情卻相近。

歷史

對於現代愈研究，就愈知道沒有寫在過去的歷史上的事情之多。愈讀過去的歷史，就愈覺得現代的實相，也只能或一程度爲止，記在歷史上。

現今的教育，太偏重了歷史上的人物了。雖說古人中極有傑出的人物，但要而言之，總是過去的人，是和我們沒有什麼直接的交涉的人。雖說也有所謂「尙友古人」的事，但這是以能照見自己爲限的。在我們，卽使常覺得平平凡凡，在四近走着的男男女女，却比古昔的大人物們更緊要。這樣互相生活着，真不知道有怎樣地緊要。

愛

世人惟爲愛而愛。知愛之意義者，是藝術家的本分。

思想

我們做夢，追醒時，彷彿做了許多時候了。而其實我們的做夢，不是說，不過是在極短時中麼？我們的思想，也許是這樣。雖然我們似乎從早到晚，都不斷地在思想。

社會

社會是靠了晚餐維持着的。

靜物的世界

有所謂靜物的世界者，稱爲 stile life，是有趣味的話。倘使容許我的空想，則這世間也有靜物的地獄在。在這地獄裏，無論達爾文或盧梭，卽都與碟子或蘋果沒有什麽不同。

自由

人在眞的自由的時候，是不努力而自由的時候。借了 Cscar Wilde 的口吻說，則就是不單止於想像，而將這實現的時候。

河

在或人，河是有着一定之形和色的川流。在或人，是既無定形，也無定色，流動而無涯際的。在這樣的人的眼中，也有通紅色火燄一般顏色的河。就是一樣的河，也因了看的人而有這樣的差異。

虛僞的快感

悲莫悲於深味那虛僞的快感的時候。

東坡的晚年

K先生是我在共立學校時代教英文的先生之一。他在千曲川起造山房的時候，早經是種植花樹，豫備娛老的人了。就在那山房裏，從先生聽到蘇東坡的話。說是東坡的晚年，流貶遠域，送着寂寞的時光，然而受了朝夕所見的花樹的感化，他的書體就一變了。先生還撫着銀髯，對我添上幾句話道：

「這樣的話，是眞實的麼？」

對照了雖然年邁，也還是壓抑不住的先生的雄心，這些話很不容易忘却。

人生的精髓

摩泊桑研究着弗羅培爾時，有這樣的有趣的話：

「弗羅培爾並不想說人生的意義，他是單想傳人生的精髓的。」

這不是很有深味的話麼？這話裏面，自然也一併含着「並不想說人生的或一事件」的意思。

—摘譯。—

生藝術的胎

有島武郎

○

生藝術的胎是愛。除此以外，再沒有生藝術的胎了。有人以爲「眞」生藝術。然而眞所生的是眞理。說眞理卽是藝術，是不行的。眞得了生命而動的時候，眞卽變而成愛。這愛之所生的。乃是藝術。

○

一切皆動。在靜止的狀態者，絕沒有。一切皆變。在不變的狀態者，未嘗有。如果有靜止不變的，那不過是因了想要凝視一種事物的欲望，我們在空中所假設的樓閣。

所謂眞，說起來，也就是那樓閣之一。我們硬將常動常變的愛，姑且暫放在靜止不變的狀態上，給與一個名目，叫作「眞」。流水落在山石間，不絕地在那里旋出一個渦紋。倘若流水的量是一定的，則渦紋的形也大抵一定的罷。然而那渦紋的內容，却雖是一瞬間，也不同一。這和細微的外界的影響——例如氣流，在那水上游泳的小魚，落下來的枯葉，渦紋本身小變化的及於後一瞬間的力——相伴，永遠行着應接不暇的變化。獨在想要凝視這渦紋的人，這纔推却了這樣的搖動，發出試將渦紋這東西，在腦裏分明地再現一囘的欲望來。而在那人的心裏，是可以將流水在爭求一個中心點，囘旋狀地行着求心底的運動這一種現象，作爲靜止不變的假象而設想的。

假如渦紋這東西是愛，則渦紋的假象就是眞。渦紋實在；但渦紋的假象却不過是再現在人心中的幻影。正如有了渦紋，纔生渦紋的假象一樣，有了愛，這纔生出眞來。

所以，我說的「眞得了生命而動的時候，眞卽變而成愛」者，其實是顚倒了本末的說法。正當地說，則眞者，是不動的，眞一動，就在這瞬間，已失却眞的本質了。

愛在人心中，被嵌在假定爲不變的型範裏的時候，卽成爲眞。

愛者，是使人動的力；眞者，是人使動的力。

○

那麼，何以我說，惟有愛，是產生藝術的胎呢？

我覺得當斷定這事之前，還有應該作爲前提，放在這里的事。人的行爲，無論是思索底，是動作底，都是一個活動。這活動有兩種動向：一是以自己爲對象的活動，一是以環境——自己以外的事物——爲對象的活動。以自己爲對象的活動者，不消說，便是愛的活動。爲什麼呢？就因爲所謂自己與其所有，乃是愛的別名。而獨有以自己爲對象的活動，據我的意見，是藝術底活動。

從這前提出發，我說：因爲以自己爲對象的活動是愛的活動，所以惟有愛，是產生藝術的胎。

○

詰難者怕要說罷：你的話，將藝術的範疇弄得很狹小了。能動底地以社會爲對象，可以活動的分野，在藝術上豈非也廣大地存留着麼？藝術是不應該踢躇於抒情詩和自敍傳裏的。

我囘答這難問題說：藝術家以因了愛而成爲自己的所有的環境爲對象，換了話說，就是以攝取在自己中，而成了自己的一部分的環境以外的環境爲對象，活動着，則不特是不遜的事，較之不遜，較之什麼，倒是絕對地不可能的事。所謂自己以外的社會者，卽指不屬於自己的所有的環境而言。縱使藝術家怎樣非凡，怎麼天縱，對於自己所沒有切實地把握淨盡的環境，怎麼能够驅使呢？在想要驅使這一瞬間，藝術家便爲那懵懂所罰，只好滅亡。

從表面上看去，也有見得藝術家以社會爲對象，成就了創作的例子的。這樣的例子，很多很多。然而綿密地一考察，如果那創作是有價值的創作，則我敢斷定，那對象，卽決定不會是和藝術家的自己毫無交涉的對象。一定是那藝術家將攝取在自己之中的環境，再現出來的。也就是分明地表現着自己。題材無論是社會的事，是自己的事，是客觀底，是主觀底，而眞的藝術品，則總而言之，除了藝術家本身的自己表現之外，是不能有的。

而自己的本質是愛。所以惟有愛，是產生藝術的胎。

○

從一眼看去，見得乾燥的上文似的推理，我試來暫時移到實際的問題上去看罷。有主張藝術必須從眞產生的人們。被科學底精神的勃興所刺戟而起來的自然主義和寫實主義的信奉者就是。依他們的所信，則對於事物的眞相，使人見得偏頗者，莫如愛憎。人之願望於藝術者，不該在由了一個性的愛憎而取捨的自然及生活；因為個性是無論怎樣擴大，總不及羣集之大的。反之，倒必須是將藝術家的愛憎(卽自己)壓至最小限度，而照在竭盡拂拭的心鏡裏的自然及生活。故藝術家以愛憎取捨為事，是無益，或有害的。

我不能相信這些。因爲前文已經說過，眞者，不過是愛的假象的緣故。因爲所謂眞者，不過是我們的愛憎所假設的約束的緣故。因爲我們不能料想，枯死了的無機底的眞，能產生有生氣的有機底的藝術的緣故。

這是涉及餘談了：論我們的心底活動，常區分爲智情意這三要素。爲便利起見，我也並不拒斥這辦法。但是，如果在智情意的後面，加上了愛，再來一想，便見得全兩樣了：會看出這三要素，畢竟不過是愛的作用的顯現的罷。愛選擇事物，其能力假稱爲智；加作用於被選擇者之上，其能力假稱爲情；所加的作用永續着，其能力假稱爲意志。智情意三者，畢竟是寫在愛的背後的字，成爲「三位一體」的。

要識別眞，不消說是在智力。但智力者，不過是愛的一面。倘說智力單獨動作着，亦即自己全體動作着，那是想不通的。

主張必得從眞產生藝術的人，是陷在錯誤的歸納裏了。他們以爲藝術必須眞，所以藝術即必須從眞產生。這是並不如此的。乃是愛生藝術的。而藝術因爲生於愛，所以就生眞。

○

產生藝術的力，必須是主觀底。只有從這主觀，纔生出眞的客觀來。眞者，畢竟不過是一種概念。概念的內容，人可以隨時隨地使牠變化的。而主觀，卽自己，卽愛，卻反是，是不可動搖的嚴肅的實在。

畢竟：是自己的問題；是愛的問題。藝術家的愛，愛到有多麼深，略奪到多麼廣，向上到多麼高，燃燒着到幾度的熱：這是問題。至於所謂個性者，從人間的生活全體看來有多麼小，是怎樣不正確的尺度的事，那倒並不是問題。因爲好的個性，比人間的生活全體更其大，也可以作爲較爲完全的尺度的事例，是歷史上有着太多的證明了的。

愛的生活的向上。——除此以外，那里還有藝術家的權威？對於這一事，沒有覺到不能自休的要求者，根本上就沒有成爲藝術家的資格。藝術家以此苦痛，以此歡喜，以此勞役，以此創造。其餘一切，都不過是落了第二義以下的可憐的屬性。

○

一切活動，結局無非是想要表現自己的過程。我先前已經說過：活動有兩種動向，一是以自己爲對象，一是以自己以外的環境爲對象。而以自己爲對象的活動，則是藝術底活動。

這是全在各人的嗜好的。或者想以自己以外的環境爲對象，來表現自己。他的個性，和與其個性並沒有有機底的交涉的環境，混淆得很雜亂。所謂事業家呀，道學家呀，Politician呀，社交家呀這一流的生活，就是這個。他們將自己散漫地向外物放射。他們的個性，逐漸磨擦減少，到後來，便只是環境和個性的古怪的化合物，作爲渣滓而遺留。那個性，也不成爲已燃的個性和將燃的個性的連絡，但瓦礫一般雜亂地攤在人生的衢路上。

○

要以自己爲對象，來表現自己者，對於上述那樣的生活，則感到無可忍耐的不女。他們倘不純粹地表現出自己，便不能滿足。他們雖然也因爲被自己表現的要求所驅策，常有遭着誘惑，和環境作未熟的妥協的事，但無論如何，總不能安住在那境地裏。他們從自己的放散，歸到愛的攝取裏去。被從所謂實世間拉了出來的他們，只好被激而成極端的革命家，或者被蹂躪爲可憐的敗殘者。於是他們中的或人，就據守住留遺於實世間的他們的唯一的城堡裏，卽藝術裏了。在這里，他們纔能夠尋出自己的純粹的氛圍氣來。而他們的自己，便成了形象，在人們的眼前顯現。愛得到報酬，藝術底創造卽於是成就。

○

有一事也不做而是藝術底的人。

有並非不做而是非藝術底的人。

決定這一點，是在對於愛的覺醒與否。

○

藝術游戲說以爲藝術底衝動是精力過多所致的事，這是怎樣地浮薄呵。

藝術享樂說以爲藝術底感興是應該以不和實感相伴爲特色的，這是怎樣地悠閒呵。

我以爲藝術底衝動者，是愛的過多所致的事；又以爲藝術底感興者，應該是和純粹到從實世間的事象不能直接地得來的實感相伴的東西。

所以，我對於單從興趣一方面，來感受藝術的態度，覺到深的侮辱和厭惡。「有趣地讀過了。」「興味深長地看了。」——遇到這樣的周旋的時候，藝術家是應該不能坦然的。

也許不應當在這樣的地方提起的事罷，近來，和我正在作思想上的論戰的一個論者說，「我以興味看『十字架上的基督』。但是，我並不以殺害基督的人們的行爲爲然。」所謂『十字架上的基督』者，是誰畫的『十字架上的基督』呢。這里沒有說出來。然而，如果那繪畫是可以稱爲藝術底作品的，而觀者又如那論者一樣，是不以殺害基督的人們的行爲爲然的人，則那人從畫面上，我以爲總該和技巧上的興味一同，感受到銳利的實感。論者於此，不是爲淺薄的藝術論所誤，那便是生來就沒有感受藝術的能力的了。藝術說竟至於墮落到可以將生活上的事件和藝術遠遠地分離到這樣，誰能不深切地覺得悲哀呢。

○

倘使如我所說，藝術乃因愛而生，則藝術者，言其究竟，那運命卽必當在愈進於人類底；那運命必當在逃脫了鄉土，人種，風俗之類的桎梏，於人心中成爲共通的愛的端的（讀入聲）的表現。

我從這意思推想，卽不覺得在傳統主義那樣的東西，於藝術上有許多期待和牽引。傳統者，對於使人的愛覺醒的事，也許是有用的。然而一經覺醒的愛，却要放下傳統，向前飛跑的罷。

○

我忘却了自己是將爲藝術家的一人，而將藝術描寫得太重，太尊了麽？現在的我，還畏憚於這樣的藝術的信奉者。

然而，這是因爲我有所未至，所以畏憚的。藝術這事，是應該用了比我的話更重，更尊的話來講的。只是現在的我，還當不起這樣的重擔。

同時，我也並不在「謙遜」這一個假面具之下，來廻避責任。我覺着：我的藝術，是應當鋒利地憑了我自己的話來處分的。

我將太徐徐地，——然而並不是沒有强固的意志地，一直準備至今的自己的生活一反顧，卽不能不被激動於只有自己知道的一種强有力的感情了。

的前面，明知道遼遠地接續着艱難很多的路。不自量度而敢於立在這路上的我，在現在，感到了發於本心的躊躇。

然而，雖然幼稚，雖然粗野，我的愛，是將我領到那里了。

○

我再說：愛是生藝術的胎。而且惟有愛。

（一九一七年作。）

——譯自「愛是恣意刼奪的」餘錄。——

盧勃克和伊里納的後來

有島武郎

伊孛生七十四歲的時候，作爲最後的作品，披陳於世的戲曲「死人復活時」，在我們，豈不是極有深意的贈品麽？

在那戲曲裏，伊孛生——經伊孛生，而漸將過去的當時的藝術——是對於那使命，態度，功過，敢行着極其真摯精刻的告白的。我在那戲曲裏，能夠看出超絕底的伊孛生的努力，和雖然努力而終須陷入的不可醫治的悒鬱來。伊孛生是在永遠沈默之前，對自己結着總賬。他雖然年老，但誤算的事，是沒有的。也並不虛假。無論喝多少酒，總不會醉的人的陰森森的淸楚，就在此。當他的周圍，都中途半路收了場的時候，獨有伊孛生，却凝眸看定着自己的一生。並且以不能回復的悔恨，然而以糺彈一個無緣之人一般的精刻，暴露着他自己的事業的缺陷。

戲曲的主角亞諾德盧勃克，在竭誠于「眞實」這一節，是雖在神明之前，也自覺毫無內疚的嚴肅的藝術家。是很明白「爲愚衆及公衆卽『世間』竭死力而服勞役的獸氣」的藝術家。他爲滿足自己計，經營着一種大製作。這是稱爲「復活之日」的雕刻。盧勃克竟幸而得了一個名叫伊里納的絕世的模特兒。伊里納也知道在盧勃克，是發見了能夠表現天賦之美的一切的巨匠。於是爲了這窮苦無名的年青的藝術家，不但一任其意，毫無顧惜地呈獻了妖豔的自己的肉體而已，還從親近的家族朋友（得到擯斥），成了孤獨。這樣子，「見了沒有知道，沒有想到的東西，也更無喫驚的模樣。當長久的死的睡眠之後，醒過來看時，則發見了和死前一般無二的自己——地上的一個處女，却高遠地出現在自由平等的世界裏，便被神聖的歡喜所充滿了。」這驚愕的瞬間，竟成就了將這表現出來的大雕刻。伊里納稱這爲盧勃克和自己之間的愛兒。由這大作，盧勃克便一躍而轟了雷名，那作品也忽然成爲美術館的貴重品了。

這作品恰要完成時，盧勃克曾經溫存地握了伊里納的手。伊里納以幾乎不能呼吸一般的期待，站在那地方。這時候，盧勃克說出來的話，是，「現在，伊里納，我纔從心裏感謝你。這一件事，在我，是無價的可貴的一個插話呵。」插話——當這一句話將聞未聞之間，伊里納便從盧勃克眼中失了踪影了。

盧勃克枉然尋覓了伊里納的在處。而他那里，先前那樣的藝術底衝動，也不再回來了。他愈加痛切地感到所謂「世評」者之類的空虛。

已近老境的盧勃克，是擁着那雷名和巨萬之富，而娶妙齡的美人瑪雅為妻了。但瑪雅，却只住在和盧勃克難以消除的間隔中。於是那令人疑為山神似的獵人一出現，便容易地立被誘引，離開了盧勃克。

這其間，鬼一般瘦損，顯着失魂似的表情的伊里納，突然在盧勃克的面前出現了。

而他們倆，在交談中，說着這樣的事：——

伊里納——爲什麼不坐的呢，亞諸德？

盧勃克——坐下來也可以麼？

伊里納——不——不會受凍的，請放心罷。而且我也還沒有成了完全的冰呢。

盧勃克——（將椅子移近她桌旁）好，坐了。像先前一樣，我們倆坐在一起。

伊里納——也像先前一樣……離開一點。

盧勃克——（靠近）那時候，不這樣，是不行的。

伊里納——是不行的。

盧勃克——（分明地）在彼此之間，不設距離，是不行的。

伊里納——這是無論如何，非有不可的麼，亞諸德？

盧勃克——（接續着）我說，「不和我一同走上世界去麼」的時候，你可還能記起你的答話來呢？

伊里納——我豎起三個指頭，立誓說，無論到世界的邊際，生命的盡頭，都和你同行。而且什麼事都做，來幫助你。

盧勃克——作爲我的藝術的模特兒……。

伊里納——更率直地說起來，則是全裸體……。

盧勃克——（感動）你幫助了我了。伊里納……大膽地……高興着……而且儘量地。

伊里納——是的，我獻了血的發談的青春，效過勞了。

盧勃克——（感謝的表情）那是確曾這樣的。

伊里納——我跪在你的脚下，給你效勞。（將捏着的拳頭伸向盧勃克的面前）但是你……你呢？……你……。

盧勃克——（抵禦似的）我不記得對你做了壞事。決不，伊里納。

伊里納——做了。你將我心底裏還未生出來的天性蹂躪了。

盧勃克——（震驚）我……。

伊里納——是的，你。我是決了心，從頭到底，將我自己曝露在你眼前了……而你，郤毫沒有來摧我一摧。

……　……　……

盧勃克——……倘是崇高的思想呢，那是，我當時以為你是決不可摧到的神聖的人物的。那時候，我也還年青。然而總有着一樣迷信，以為倘一摧到你，便將你拉進了我的肉感底的思想裏，我的靈就不乾淨，我所期望着的事業便難以成就了。這雖然在現在，我也還以為有幾分道理……。

伊里納——（有些輕蔑模樣）藝術的工作是第一……其次，纔輪到「人」呀，是不是。

而這一切，在盧勃克，是不過一個插話，便完結了。縱使這是怎樣地可以貴重的插話。這時候，伊里納的天性之絲的或一物，斷絕了。恰如年青的，血的熱的一個女性，臨死時一定起來一樣，天性之絲的或一物，是斷絕了。伊里納就從這剎那起，失了靈魂。成了 Soulless 了。給盧勃克，也是一樣的結果。在他，作爲這插話的結果，是雖然生出了在衆目之中是偉大的藝術品，然而總遺留着無論如何，不可塡補的空虛。借了伊里納的話來說，便是「屬於地上生活的愛——美的奇蹟底的這人世的生活——不可比擬的這人世的生活——這在兩人之中，死絕了。」

但盧勃克還不吝最後的努力。要拚命拿回那尋錯了的眞的力量來。於是催促着伊里納，到高山的頂上去搜索。

迎接他們的，然而却不是眞的力，不過是雪崩。在尋到魂靈之前，她們便不能不墜到千仞的谷底，遠的死地裏去了。

伊孛生寫了這戲曲之後，是永久地沈默了。我可以說，這樣峻烈的，嚴厲的，悲傷的告白，我從來沒有聽到過。

經由了嚴正的竭誠於自然主義的人伊孛生，自然主義是發了這傷心的叫喊。倘使從別人聽到了這叫喊，我也許會從中看出老年人的不得已而敢行的蒙混，覺得不愉快的罷。或者，那指爲「不徹底的先驅者」的侮蔑，終於不能洗去，也說不定的。但從伊孛生聽到這話，而記起了那低着傲岸不屈的巨頭，凝思着時代的步調的速率的這誠實的老藝術家的晚年來，心裏便不得不充滿了深的哀愁和同情了。

無論怎樣，總是盡力戰鬬，要站在陣頭的勇猛的戰士呵。在現在，平安地睡覺罷。你的事業，是偉大的事業。你將雖然負着重傷，而到死爲止，總想站起身來的雄獅似的勇猛的生涯，示給我們了。你這樣已經就可以。就是這，已經是不可以言語形容的像樣了。

然而盧勃克和伊里納，却還是一個活着的問題，在我們這里遺留着。盧勃克對於伊里納，在做藝術家之前，必須先是「人」麼？盧勃克對於伊里納，當進向屬於地上生活的愛的時候，其間可能生出藝術來呢？應當怎樣，進向那愛的呢？伊孛生竟謙虛地將解釋這可怕的謎的榮譽，託付我們，而自己却毫無眷戀地沈默了。

將來的藝術，必須在最正當地解釋這謎者之上繁榮。能夠成就伊孛生之所不能者，必須是伊孛生以上的人。要建築於自然主義所成就的總和之上者，必須有自然主義以上的力。

我只知道這一點事實。但站在這偉大者之前，惟有惶恐而已。

（一九一九年作。）

—譯自「小小的燈」。—

伊孛生的工作態度

有島武郎

這不過是我的一個推測。得當與否，自然連我自己也不能保證的。從去年之秋到今年之春，我在同志社大學，演講關於伊孛生的感想之際，我有了下文那樣的發見，一面喫驚，一面反省自己，頗以自己的工作態度爲愧了。就將這在這里記下。

一八七九年，伊孛生五十一歲的時候，寫了「傀儡家庭」。可以說，寫了「青年結社」和「社會柱石」，纔始略略發見了關於自己的表現法的方向的他，在「傀儡家庭」，遂開拓了獨特的藝術境。伊孛生的未來，由這一篇著作，牢牢地立了基礎了。是「牽絲傀儡的絲，不復惹眼了的最初的伊孛生的戲曲」。這著作，在讀書界發生莫大的反響，於戲劇界有重大的貢獻，是無須說得的，但同時四面八方，蜂起了對於作者的憎惡和酷評的情形，則在伊孛生的生涯中，實在是未曾有。虛無主義者，神聖的家庭的破壞者，對於人情的低能者，這些罵詈，如十字火，都蝟集於伊孛生的身邊。

伊孛生也不能平心靜氣。一個良心底的作家，這作家以十分的自信和好意，做了作品之際，却從社會所稱爲有識者的人們，擲來了那麼不懂事，無同情的反響，則不能默爾而息，也正是當然的。

「世間有兩種的精神底方向，卽兩種的良心。一種是男性的，而又其一，則是和男性的全然異質的女性的良心。這兩種良心，相互之間沒有理解。在實際生活上，女性所受的判斷，始終是依着男性的方則。彷彿她全非女性，而是男性似的。

女子在現今的社會中，在全然男性化了的現今的社會中，她不能是她自己。現今的社會的法則，是男性編造出來的，在這法律制度之下，女性的行動，都只從男性底見地批判。

她敢於假造匯票，並且還覺得得意。爲什麼呢，因爲她是爲要救丈夫的性命，憑愛情而做的。但那丈夫，却患了庸俗的名譽心，成爲法律的一夥，觀察問題，只從男性底的視角。

精神底紛亂。被對於主權的信念所壓倒，所淆惑，她竟至於將對於道德底權威的信念，和對於育兒的能力的自信失掉了。」

這是伊孛生起草這篇劇本之際，記在草稿的劈頭的文字。但他的這美的衷心，不但被蔑視，且將被汚穢了。要以藝術模樣來自白的伊孛生，對於攻擊，並不作大學的辯解和詰難，却在兩年後所印行的「羣鬼」中，提示了對於攻擊的反證。「羣鬼」是爲了做「傀儡家庭」的反證而作的這一個事實，在伊孛生的評論者裏，指出了的人們也很多。在這劇本上，他將一個堅忍的女人，放在女性全然不被理解，惟有作爲看護婦，柔順地，馴良地，緘默地，來擦拭男性的自由的，任意的，或是放恣的生活所得的結果的創傷，這纔有用的境地裏。她將一切內心的要求，都鎖在習俗底的義務的樊籠裏，竭力要爲妻，是丈夫的最上的扶持者，爲母，是一人的無上的同路人。然而不像諾拉，將應該破壞的破壞，却一意忍耐的她，到最後，竟必須刈取怎樣的收穫呢？

諾威的讀書界，對於這劇本，表示了「傀儡家庭」以上的敵意。斯坎第那維亞的所有劇場，都拒絕這戲的公演。一萬本的初版，是到十二年後，這纔出了再版的。

「我知道對於『羣鬼』的激昂，是像要發生的。但不想因爲像要發生，便有所斟酌。這是卑劣的事。」他這樣寫給他的朋友。而對於故國的人們的知力之愚劣，遲鈍，也很絕望，曾說道，「我國裏不要詩」，竟至於連藝術底活動，也想放下了。

從這時候起，伊孛生尤其是對於所謂多數者，開始懷了疑。而伊孛生自己的地位，據他本國的人們的評定，是爲上流社會所不容，也爲民衆所不喜的。一八一二年他給勃蘭兌斯的信中，曾用了刻露的苦楚，寫道，「無論怎樣，我總不能加入有着多數的黨派那一面去。畢倫存（Bjoernson）說，『多數常是對的。』……但我却相反，不能不說，少數常是對的。』」

伊孛生的這心緒，送給了他一篇劇本的主題。一八八二年春，他寫給書肆海蓋勒（Hegel）的信中，有云，「這回大約要做出色地平和的劇本了，使政治家，富人，以及他們的太太們都可以安心來看的。」但這要看作安慰書店的話，所以慰他們因爲「羣鬼」而感到的買賣上的不安，却也未嘗不可。

誠然，這年所寫的劇本「國民之敵」，以伊孛生的作品而論，是放寬韁繩，加以壓抑的，但伊孛生極內部的血性，却照様地奔迸着，給人以非常明亮之感；而潛伏在這明亮中的義憤，大約又是誰都看得出的，眞理者，惟在和功利底的結果聯結起來的時候，纔被公認爲眞理。否則便看作危險的厭物，從資本家，從中產階級，從民衆本身，都來加以踐踏，淩虐。發見眞理者，惟在成爲孤獨，愛護眞理的時候，是爲最强。伊孛生總結了自己的苦楚的結果，這樣地疾叫。

然而伊孛生一歸鎭靜，又不得不用譏刺的眼睛，來看因憤張而叫喊的自己的態度了。自己內省之激，越乎常軌的他，一定於自己的叫喊之像 Don Quixote 式，覺得很不快的。於是又回到他照例的無論何事，無不壓抑又壓抑，如坐針氈的態度去了。

一八八四年，他五十六歲時，作「野鴨」。這時他逗留羅馬，但開始了每日一到定時，便到一定的加啡店，坐在一定的地方，用報紙遮了自己的臉，來凝視映在旁邊鏡子裏的來客的模樣。這事是有名的。他那時是怎樣的心情呢，我略略可以想像出。在眉間，是蹙起一種厭人底的皺，在陷下的眼睛和緊閉的嘴唇裏，是潛藏着冷冷的意慾底嘲諷之色的罷。這一定是，並非對於不相干的別個，倒是對於自己，和想和自己有些關係，來相接近的人們。

在「野鴨」的格萊該爾（Gregers）這青年上，伊孛生毫不寬容地，詛䛥底地將自己表現了。格萊該爾從幼小時候起，就是伊孛生所謂病底良心(Sickly Conscience)的所有者。是連毫爽的人所不屑一顧的瑣事，也要苦心焦慮，非聲明眞相不可的性質的男人。而最要緊的自己本身，却歸根結蒂，什麼可做的事都沒有。只要是別人的事，便無論空隙角落，都塞進鼻子去，嗅出虛僞來。而將這暴露在明亮之下，便覺得是成就了天職。於是他將惟一的幼時朋友的家庭弄得支離滅裂，使一個天使一般滿懷好意的純潔的少女，無端枉死了。

在徹底地看去，裸露的眞實之上，則地上的生活，雖刹那之間也不得是可能的。須在被了叫作「愛」的衣裳的無害的小小的虛僞之上，而凡俗的生活，纔能夠最上地成立。這是只要略有生活經驗的人，誰都可以覺得的普通的事實，而格萊該爾却自以爲英雄，末後是因了利己底的行動，要將這從頭到底破壞，又自以爲了不得。多麼孩子氣的自己肯定呵！多麼不值錢的眞理探究呵！

世人往往評這劇本爲極端陰慘的悲劇，但在我，却覺得只是夾雜着許多嘲笑底的要素的喜劇似的。那看去好像眞理探究的勇士一般的主人公格萊該爾，雖然已到深嘗了自己的失敗，不得不因屈辱而掩面的窮地，也還是不悟以眞理的勇者自命的癡愚無計的自負，仍然顯着得意的神情。伊孛生的對於自己本身的苦痛的反芻，幾乎到了呼吸艱難一般的極度。在這戲劇裏，伊孛生是從「國民之敵」的堂皇的自己肯定，一躍而退，來試行陰鬱的自己嘲笑了。那對照，實在是很明顯的。

但既經撈在手裏的自己省察的韁索，伊孛生還是不肯放鬆的。正如他想定了和「傀儡家庭」不同的局面，寫了「羣鬼」一般，在一八八六所出的「羅斯美爾斯詞倫」（Rosmersholm）裏，便嵌上一個和「國民之敵」的醫生斯託克曼（Stockmann）全不相同的典型的人物去。這是牧師羅斯美爾。自然，斯託克曼和羅斯美爾，也並非沒有或種共通之點的。如那性格的極其眞摯之點，極其誠實之點，有着或種勇氣之點，都是。然而和斯託克曼的起身貧賤，是科學者，因而也是眞理的追求者，有着實行力的現實主義者相反，羅斯美爾，生於名門，是神學者，所以是道德的追求者，有着瞑想底傾向的殉情主義者，這就都是敍述着分明的差異的。伊孛生雖然很小心，要自己不如此，但原已很被種下了羅斯美爾所有的那樣的性格。他幼小時雖經赤貧的鍛鍊，但家是那地方惟一的名門。他雖是將自然主義引入戲曲中去的先驅者，但在他性格的根柢裏，習性底地，是有對於習性底的道德的憧憬執着的。而他是瞑想底的，因此不能捨去一種殉情底的分子的事，也有類似羅斯美爾之處。所以斯託克曼是他所自願如此的模樣，而羅斯美爾則他雖然要趨避，却是他的眞正的寫眞。他不幸，是具有看穿這可悲的一身的矛盾的勇氣的。他不得不用了新的苦痛，來收晝自己的肖像。

羅斯美爾也像斯託克曼一樣，被放在從虛僞蹶起，而必須擁護眞理的局面上。是眞摯的他的性格，要求他這樣的。而迫害也像在斯託克曼之際一樣，從少數者和多數者這兩面來襲。在「國民之敵」裏，給斯託克曼以勇氣的好朋友荷斯泰（Horster）在「羅斯美爾斯訶倫」裏，是成了使羅斯美爾沮喪的舊師勃連兌勒（Brendel）而出現了。羅斯美爾看見勃連兌勒以成爲新人立身，但不久又不得不目送他沙塔的倒場一般的失其存在的模樣。過去（以白色馬來表現的）始終威脅着羅斯美爾。曾爲眞理的光明所振起的他，也陷在不能不一步一步，且戰且退的敗陣裏了。當這時候，叢集在那周圍的敵人的嚴冷苛酷的態度，在這劇本裏描寫得尤其有力。斯託克曼是在敗殘之中，還不忘打開一條血路，藉教育兒女，以築捲土重來的地盤，使從一敗塗地之處蹶起，來繼自己之志的，但羅斯美爾却一直退到消極底的頂點，要在那里尋淒慘的死所。他雖在最後的瞬息間，也還是總不信自己一身，必待由事實來證明了Rebecca對他的愛情之後，這纔總算相信了自己的力量。而利己主義者似的斯託克曼，結局是實際的愛人主義者，雖自己也信爲利他主義者的羅斯美爾，到底不過是高蹈底的利己主義者的事實，就不幸而不能不證實了。

伊孛生在這戲劇裏，竭力鞭撻自己，並將世間的人們。怎樣地用了一切不愉快的暗色，來塗抹掉他的好意，一同戟指叫着「看這無力無恥的叛徒的本相罷！」而笑罵的情形，痛烈地加以描寫。在相對峙的敵手之間，是掘開着難於填塞的鴻溝的。而兩面雖都有太多的缺陷，却還是互相誣衊着。

伊孛生在以上五篇的戲劇裏，宛如一個大的擺的擺動一般，從這一極到那一極，畫着大弧，擺動了那性格的內部。因爲「傀儡家庭」世人所加於伊孛生的創傷，使他發了這樣痛苦的大叫。然而，誰都可以覺察，擺的擺動法，越到後來的作品，便越加短小起來。「傀儡家庭」，和「羣鬼」之間的擺的距離，較之在「國民之敵」和「野鴨」之間的爲短了。「羅斯美爾斯阿倫」上所看見的個性和環境的葛藤，則在第六篇戲劇「海的女人」中，將要完全消失。那擺，在「海的女人」要回到靜止狀態去了。

一八八八年，伊孛生六十歲時所發表了的「海的女人」，這纔可以說是伊孛生一切著作中最爲陽氣的作品。好像伊孛生在這劇本，以好意向民衆伸着溫和的手似的。說，「我毫不寬假，省察了自己，鞭撻了自己。這是正如你們所目覩的。我也毫不寬假，解剖了你們。但這在爲藝術家的我，是不得不然的事。你們是確是顯着那麼樣子的。你們的臉雖然要對此提出不平，但你們的心却以我所做的事爲然的罷。再不要互相欺蒙了。我在這里寫了一篇劇本。這說明着你們應該怎樣地容納一個藝術家，一個藝術家怎樣地纔能够爲你們效力。但願能明白我的訴說。而你們對我，也伸出平和的握手的手來罷。」

在「羅斯美爾斯訶倫」裏，將該是用以創造革新那人生內容的創造底能力，怎樣地被害於既定道德的桎梏，而創造底能力一死滅，道德本身也便退縮的事，描寫顯示了。在「海的女人」，則將創造底能力因既定道德的寬容，怎樣正當地沁進生活的境界裏去，卽在那里成爲生活的新的力，而發生効用的事情，伊孛生加以描寫。

藹里達（Ellida）者，是將對於以海爲象徵的無道德而有大威力的世界的憧憬，懷在白絲似的處女時代的胸中的女性。身雖爲狹隘寂寞的家庭生活所拘囚，不得不在那里遵從豫定的慣例，但宛如被海濤推上沙灘的人魚一般，永是忘不掉充滿着自由之力的海。她也曾屢次竭盡了所有的意力，要順從定規的運命，但還是動輒因了比自己的意志更大的意志，被牽引到素不知道的神奇的世界去。藹里達的丈夫——這並非像「羅斯美爾斯訶倫」中的校長克羅勒（Kroll）似的死道學者——因此逼成極度的煩悶，兩個女兒對於這繼母，也不能不是冷淡的異鄉人了。藹里達所住的避暑地，來了最後的船，這一去，在夏日將徒然聯到寂寞的秋的瞬息間，可怕的大試鍊，就降臨於這一家的上面。從海洋來的男人，以不可避的意力，要帶 Ellida 到海上去。藹里達雖然想盡所有的力量，來逃出這男人的手中，然而一切力，要留住她，却都不够強大。於是藹里達的丈夫到了最後的毅然的決心了。事已至此，惟有拋棄丈夫的特權。惟有給藹里達以絕對的自由。他這樣地想了。

「Ellida ——你要拉住我在這里。你有着這權力，你要應用的罷。然而我的心的我的思想的全部——難於避免的憧憬和盼望，你却縛不住這些的。我的心，這我，羨慕着構造出來的不可知的世界，煩悶着。你卽使要來妨礙這個，也不中用的！

Vangel——（很悲哀）這是我明白的，Ellida！你正在一步一步，從我這里滑開去了。對於絕大的無限——不側的世界——的你的憧憬，照這樣下去，似乎竟會使你發瘋。

Ellida——哦，是的，是的。我確是這樣想。就像有什麼漆黑而無聲的翅子，在我頭上逼來似的。

Vangel——不能一任牠到那樣的結局。沒有救你的路——至少，在我看來是這樣。所以——所以，我就當場斷絕我們先前的關係罷。好，現在，你用了十分完全的自由，決定你自己要走的路就是了。

…………………………

Ellida——惟現在，我回到你這里來了。惟現在，我纔能。因爲我能夠自由地到你這里去了呀。由我自己的自由的意志，並且是我自己的責任。」

在最後的瞬間，先前威脅他們的運命，倏然一變了。藹里達全然從海的誘惑得了解放，同時又以海的自由和人的責任，爲那丈夫的眞的妻，兩個女兒的眞的母了。豪華的浴客們，像搶夏似的上了船，離開這避暑地以後，要來的雖然是寂寞的秋和冰封海峽的冬，但在這里，雖在積雪之中，也將快樂地，强有力地，來度溫暖的人間的生活。

伊孛生是由蕩里達，作爲人世的一個戰士，在申訴於民衆的。試將那傲岸的詩人，先從自己伸出和睦之手來的心情，加以體帖，不能不令人覺到一種淒淸。在這里，可以窺見他的悲涼的心情和出衆的偉大。

以上自然不過是我的推測，但倘有好事的讀者，自己試將這六篇陸續發表的劇本，讀起來看，也許是一種有趣的事罷。從「傀儡家庭」到「海的女人」這六個劇本，從我看去，是一部以伊孛生爲主角的六幕的大劇詩。伊孛生將五十一至六十歲之間，即人生最要緊的工作的盛年，在一個題材之下，辛苦過去了。那奮然面向着這一端，而掙扎至十年之久的伊孛生的工作態度，我實在爲之驚歎。我想，對於自己和工作，必須有那樣的認眞和固執，這纔能夠成就伊孛生一般的工作的。在他的絕大的工作之前，如我者，是怎樣地渺小的侏儒呵。

（一九二〇年七月作。）

——譯自「小小的燈」。——

關于藝術的感想

有島武郎

○

我想，以表現派，未來派，立體派這些形式而出現的藝術上的運動，是可以從各種意義設想的。關於這些，且一述我的感想。

○

曰未來派，曰立體派，曰表現派，其間各有主張；倘要仔細地講，則不妨說，甚至於還有不能一概而論的衝突點在。但是，倘使說，這些各流派，都不滿於先前的藝術的立脚點，於是以建立新的出發點的抱負，崛然而起，在這一點却相一致，那是很可以的。

然則所謂先前的藝術的立脚點，是怎樣的呢？一言以蔽之，可以用印象主義來表明。若問什麽是印象主義，則可以說，就是曾將一大變化給與近代的思想樣式的那科學底精神，直到藝術界的延長。所謂科學底精神者，卽以實證底軌範的設定，來替代空想底軌範的設定的事。換了話說，是打破了前代的理想主義底的考察法，採用現實主義底的考察法。再換了話說，則爲成就了論理法的首尾顚倒。在前代，是先行建立起一種抽象底前提，從這里生出論理過程，而那結論則作爲軌範，作用於人間生活的現狀的。但至近代，却和這完全相反，論理先從現在的人間生活的實狀出發，於是生出軌範，作爲歸納底結論。這樣的內部生活的變化，在實生活的上面，在思想生活的上面，都成了重大的影響，是無疑的。

這怎樣地影響了呢？這是就如誰都說過一樣：前代的神——人力以上的一種不可思議的實在或力——歸於滅亡，而支配人生的人間底的軌範，揭示出來了。人已不由人間以上之力，換一句話，卽在人間只能看作偶然或超自然之力所支配，而爲一見雖若偶然，但在徹底的考察之下，却是自然，是必然的力所支配了。就是奇蹟匿了影，而原因結果的理法，則作爲不可去掉的實在，臨於人間之上了。在這里，早沒有恐怖和信仰和祈念，而諦觀和推理和方法得了勝。人們先前有懷着自然外的不可思議之力，不知何時將降臨於他們之上的恐怖的必要，今則已經釋放；先前有對於這樣的威力，應該無條件底地，盲目底地服從的要求，今則已從心中棄却；於是也就從一心祈願，以徼倖自己的運命的衝動獨立了。但對於人神都無可如何的自然律，却生了一種諦觀，以爲應該決心拚出自己，一任這力的支使；然而推理底地，深解了這自然律，使自己和這相適應的手段和方法，也講究起來了。這便是科學底精神。

這確是人間生活史的一個大飛躍。因爲人們將自從所謂野蠻蒙昧時代以來，攜帶下來的無謂的一種迷信，根本底地破壞了。前代的人，假定爲自然的背後有着或一種存在，憑了他們的空相和經驗的不公平的取捨，將可以證明這假定的材料，蒐集堆積起來。當此之際，現代人却不探望自然的背後，而卽凝視着自然這東西了。這在人類，確乎是一個勇毅的迴旋運動。

這大的變化，卽被藝術家的本能和直觀所攝取，而成了自然主義。從理想主義（卽超自然主義）而成爲自然主義了。除了直視自然的諸相之外，却並無導人間的運命於安固之道。縱令不能導於安固，而除了就在這樣的態度上之外，也沒有別的法。於是自然主義的藝術觀，自己給自己以結論。先將自然的當體，照樣地看取罷，這是藝術家的態度。所謂照樣地看取自然的當體者，也就是將自然給與人間的印象，照樣地表現出來。在這意義上，卽也可以說，自然主義和印象主義，是異語同意的。

但印象主義在本身裏，就有破綻的萌芽。就是，爲這主義的容體的那自然，一看雖然似乎和人間相對峙，有着不變之相，而其實却不過就是人間的投影。正如誰都知道，並非神造人，而是人造了神一樣，也並非自然將印象給與人間，乃是人從自然割取了印象。可以說，人心之複雜而難於看透，是在自然之複雜而難於看透以上的。其實，人並非和自然相對峙。人與自然，是在不離無二的狀態中。人割取了自然的一片，而跨在這上面；在這裏面看見自己；只在這裏面是自己。這之外，更沒有所謂人。那人割取那一片，這人割取這一片。所以人類全體共通的自然的印象這東西，其實是無論那里都不存在的，這也如前代人的超越底實在一般，不過是一個概念。凡概念，一到悟出這是概念的時候，便决不能做藝術的對象了。於是現代人便陷在不得不另尋並非概念的藝術對象的破綻裏。

現代人所尋作這對象的，是在自然中看見人自己；是將自然，也就是自己這一個當體表現出來。藝術家可以擺在眼前，眺望着的對象（無論這是神或是自然），却沒有。倘可以强名之爲對象，則只有也就是自然的藝術家自己；只有自己解剖。然而自己解剖自己時候的態度，要用醫生解剖病體似的樣子，是不行的。倘自己要使自己離開自己，則就在這瞬間，自己便卽滅亡，只剩下稱爲自然的一個概念。這樣的態度，不過是印象主義的重演。因此，藝術家要說出自己的印象時，只好並不解剖自己，而僅是表現。卽憑着自己而生的自己照式照樣，便是藝術。假如看得「自然者，如此使人發笑」的是印象主義，則「自然如此笑着」的事，便是正在尋求的藝術主義，也就是正在尋求的藝術，俱不外乎表現。雖在印象主義的藝術上，倘無表現，藝術固然是不成立的。但這表現，不過是爲要給與印象起見的一種手段，一個象徵。而在表現主義的藝術，則除表現之外，什麽也沒有。就是這表現一味，成爲藝術的。

懂得這立脚點，則稱爲未來派，立體派，表現派之類的立脚點，也就該可以懂得了。並不敢說：未來派的藝術，是和印象藝術逆行的。而且還主張：繼承着印象主義旺盛時所將成就的事實，使那進境更加徹底。然而印象派的藝術，不但極力反對「作爲被現實的一部所拘的奴隸，不達於純化之境，不能離開有限的客觀性，只得做着翻譯的勾當」，將色彩的解剖，推廣到形體的解剖而已，並且成就了色彩和形態的內部底統合，又在將心熱的燃燒，表現於作品全體之處，看見了使命。一到立體派，則主張着和所謂印象派藝術根本底地不能相容的事，大呼道：化學家以爲相同的一杯蒲陶酒，而在愛酒者的舌上，却覺得是種種味道不同的蒲陶酒，這怎麽否認呢？所痛斥的，是：出于科學底精神，概念底地規定了的可詛咒的空間和色彩的觀念，不過徒然表示事物的現象。所力說的，是：事物的本質，只有使着全然拋掉了那些概念，只憑主觀的色彩和空間的端的的表現，纔能實現出來。未來派是以流動爲表現的神髓的，立體派是以本質爲表現的神髓的，這雖是不同之處，但兩派都是反抗近代的科學底精神，竭力要憑了主觀的深刻的徹底，端的地捉住事物的生命，却互有相符合的共通點的。至於表現派之最强有力地代表着上述的傾向，則在這里已經無勞絮說。這些流派，正如名稱所表示的一樣，是不再想由外部底的印象，給事物以生命，而要就從生命本身出來的直接的表現的。

誰都容易明白，這些所有流派的趨向，是個性對於先前一切軌範的叛逆。是久被看作現象的一分子的個性，作爲獨立的存在，發表主張，以爲可以儼存於一個　機底的統合之中的贓聲。是對於君臨着個性的軌範，個性反而想去君臨牠的叛逆。

這偉大的現代的精神底運動，要達到怎樣的發達，收得怎樣的成就，贏得怎樣的功績，是誰也不知道。然而，至少，那根柢之深，並不如人們在當初所設想似的浮淺，則我是信而不疑的。爲什麼呢？因爲我相信出現於藝術界的如上的現象，不會僅止於藝術界的緣故。科學本身——醞釀了科學底精神的科學本身，就已經爲這傾向所動了。哲學已爲這傾向所動。國家和個人的關係，已爲這傾向所動。傳統和生活的關係，已爲這傾向所動。原理的相對性，即此。現象的流動觀，即此。無政府底傾向，即此。虛無底傾向，即此。將這些傾向，當作僅是一時底的偶然的現象者，在我看來，是對於現代人所懷抱的懊惱和苦惱，太打了淺薄的誤算了。

○

表現主義的勃興，我以爲又可以從別一面來觀察的。這就是看作暗示着可以萌生於新興階級（我用這一句話，來指那稱爲所謂第四階級者）中的藝術。人們彷彿愁着新興階級一勃興，藝術便要同時破產似的。我却以爲這是愚蠢的杞憂。愁着這樣事情的人，一定是對於藝術這句話，懂得很膚淺的。將藝術這一句話，我所想的，是在更其本質底的意味上。依我想，則凡是有人之處，就有藝術。所以無論怎樣的人，形成着生活的基調——只要那人並非幾乎失了生命力的人——那地方一定不會沒有與其人相稱的藝術，和生活一同生出來的。

如果我的臆測，算作沒有錯，則表現主義的藝術，在竭力要和歷來的藝術相乖離的一點上，和現代的支配階級的生活，是懸隔了的藝術。生出這樣藝術來的藝術家本身，也許並非故意的罷，然而總顯得在不知不識之間，對於將來的時代，做着一種準備。有如上述一樣，他們是深信着惟有對於先前的藝術的一切約束，從各節竭力解放了自己，這纔可以玉成自己的，而在實際上，也有了這樣的結果。他們要從向來沒有用過的視角，來看事物。這樣的視角，是誰曾有過的視角呢？這是明明白白，希臘人未曾有，羅馬人未曾有，基督教徒未曾有，中世的諸侯和騎士未曾有，近世的王侯和貴族未曾有，現代的資本家和 Dilettatt（游翫藝術的人）也未曾有。那些人們，已經各有各自的藝術了，也都在我們的眼前，但無論拿那一個來看，都不是和表現派藝術相等的東西。表現派的藝術，在這些人們，恐怕是異邦的所產罷。

那麼，表現主義是在那里生着他的存在的根的呢？在我，是除了豫想爲新興的第四階級之外，再尋不出別的處所。將表現主義，看作新興階級就要產出的藝術的先驅的時候，我覺得這便含着種種深的意義，進逼而來了。這里有着新的力，有着新的感覺，有着新的方向，這些在將來要怎樣地發達，成就怎樣的工作，不能不說是値得注意的。

但我還要進一步。現在所有的表現主義的藝術，將來果可以成爲世界底的藝術的基礎麼？究竟怎樣呢？一到這里，我可不能不有些懷疑了。在我，則對於現在的表現主義，正有彷佛對於學說宣傳時代的社會主義之感。雖說，從烏託邦底的社會主義，到了哲學底的，終於成爲科學底的社會主義了，然而作爲學說的社會主義，總不能就是第四階級本身的社會主義（希參看「宣言一篇」）。雖說，這主義怎樣地成爲科學底了，然而在眞的第四階級的人們，恐怕還不過全然是一個烏託邦罷。這無非是一種對于新興階級的僅是摸索的嘗試。和這一樣，我們的表現主義，也就是在並非第四階級的園圃中，人工底地造成的一株庭樹。至少，從我看來，是這樣的。克魯巴金和馬克斯的學說，在第四階級——有時還可以有害——有所暗示的事，也許是有的罷，但眞的第四階級的生活，却並不顧及這樣的東西，慢雖然慢，正向着該去的地方走。表現主義的藝術也一樣，一到或一處，我恐怕會因了樣子完全不同的藝術的出現，而遇到逆襲的。不能作僞的是人的心。非其人，是不會生出其人的東西來的。（一九二一年作。）

—譯自「藝術與生活」。—

宣言一篇

有島武郎

最近，在日本，作爲思想和實生活相融合，由此而生的現象——這現象，是總在純粹的形態上，送了人間生活的統一來的——，所最可注意者，是社會問題的作爲問題或作爲解決的運動，要離了所謂學者或思想家之手，移到勞動者本身的手裏去了。我這里之所謂勞動者，是指那在社會問題中，最占重要位置的勞動問題的對象，卽稱爲第四階級的人們；是指第四階級之中，特是生活于都會裏的人們。

假使我的所想沒有錯，則上文所說似的意思的勞動者，是一向將支配自己們的一種特權，許給學者或思想家了。以爲學者或思想家的學說或思想，是領導勞動者的運命，往向上底方向去的，說起來，就是懷着迷信。而驟然一看，這也確乎見得這樣。爲什麼呢？因爲當實行之前，不能不鬪辯論的時候，勞動者是極拙于措辭說話的。他們無法可想，于是在不知不覺中，只好委託了代辯者。不僅是無法可想而已，他們還至于相信這委託的事，乃是最上無二的方法了。學者和思想家，雖然也從自以爲勞動者的先覺或導師的矜誇的無內容的態度裏，覺醒了一些，到了不過是一個代辯者的自覺，但還懷着勞動問題的根柢底解決，當成就于自己們之手的覺悟。勞動者們是受着這覺悟的一種魔術底暗示的。然而，由這迷信的解放，目下是仿彿見得向着成就之路了。

勞動者們，已經開始明白了人間的生活的改造，除却用那生根在生活裏的實行之外，沒有別的法。他們開始覺得，這生活，這實行，在學者和思想家那里是全然缺少的，只在問題和解決的當體的自己們這里，纔有。他們開始覺得，只有自己們的現在目前的生活這東西，要說是唯一的思想也可以，要說是唯一的力量也可以。于是思想深的勞動者，便要打破向來的習慣，不願意將自己們的運命，委託于過着和自己們的生活不同的生活，而對于自己們的身上，却來說些這個那個的人們的手裏了。凡所謂社會運動家，社會學者之所活動之處，他們是睜着猜疑之眼。縱使並不顯然，但在心的深處，這樣的態度却在發動。那發動的模樣，還很幽微。所以世人一般不消說，便是早應該首先覺到這事實的學者和思想家們自己，也似乎沒有留心到。然而如果沒有留心到，那就不能不說，這是大大的誤謬。卽使那發動的模樣還很幽微，然而勞動者已經開始在向着這方向動彈，則在日本，是較之最近勃發了的無論怎樣的事實，都要更加重大的事實。爲什麼呢？這自然是因爲應該發生的事，開始發生了。因爲無論用怎樣的詭辯也不能否認的事實的進行，開始在走牠該走的路線了。國家的權威，學問的威光，都不能阻止的罷。卽使向來的生活樣式，將因了這事實而陷于非常的混亂，雖說要這樣，但當然應該出現而現出來了的這事實，却早已不能按熄了罷。

曾在和河上肇氏第一次見面時（以下所敍的話，是個人底的，所以在這里公表出來，也許未免于失當，但在這里，姑且不管通常的禮儀），記得他的談吐中，有着這樣意思的話：「我對于在現代，和什麼哲學呀，藝術呀有着關係的人，尤其是以哲學家呀，藝術家呀自命，還至于以爲榮耀的人，不能不覺得可鄙。他們是不知道現代是怎樣的時代的。假使知道，却還沈酣于哲學和藝術中，則他們是被現代所剩下來的，屬于過去的無能者。如果他們說：『因爲我們什麼也不會做，所以弄着哲學和藝術的。請在不礙事的處所，給我們在着能。』那麼，也未必一定不准。倘使他們以十分的自覺和自信，主張着和哲學呀藝術呀相連帶，則他們簡直是全不知道自己的立脚地的。」我在那時，還不能服服帖帖地承受他的話，就用這樣的意思的話回答他：「如果哲學家或藝術家，是屬于過去的低能者，則並不過着勞動者生活的學者思想家，也一樣的。要而言之，這不過是五十步和百步之差罷了。」對于這我的話，河上氏說：「那是不錯的。所以我也不敢以爲當作社會問題研究者，是最上的生活。我也是一面對着人請求原諒，一面做着自己的工作的。……我對于藝術，原有着很深的愛好。有時竟至于想，倘使做起藝術上的工作來，在自己，一定是愉快的罷。然而自己的內部底要求，却使我走了不同的路了。」必要的兩人的會話的大體，就是這樣，大抵罄盡於此了。但此後又看見河上氏的時候，他笑着對我說：「有人批評我，以爲是烘着火爐發議論的人，確乎很不錯的。你也是烘着火爐發議論的人罷。」我也全然首肯了這話。在河上氏，當這會話的時候，已經抱着和我兩樣的意見的罷，但那時的我的意見，却和我目下的意見頗爲不同。假使河上氏現在說出那樣的話來，我大概還是首肯的，然而這首肯，是在別一種的意義上。假使是現在，對於河上氏的話，我便這樣地解釋：「河上氏和我，雖有程度之差，但同是生活在和第四階級全然不同的圈子裏的人這一節，是完全一樣的。河上氏如此，我也一樣，而更不能和第四階級有什麽接觸點。如果我自以爲對於第四階級的人們，能夠給與一些暗示，這是我的謬見；如果第四階級的人們，覺得從我的話，受了一些影響，這是第四階級的人們的誤算。全由第四階級者以外的生活和思想所長養的我們，要而言之，是只能對於第四階級以外的人們有關係的。豈但是烘着火爐發議論而已呢。乃是全然沒有發什麽議論。」

我自己之流，是不足數的。假如一想克魯巴金似的特出的人的言論，也這樣。即使克魯巴金的所說，對於勞動者的覺醒和第四階級的世界底勃興，有着怎樣的力量罷，但克魯巴金既不是勞動者，則他要使勞動者生活，將勞動者考索，使勞動者動作，是不能够的。好像是他所給與於第四階級者，也不過是第四階級的並非給與，原來就有的東西。總有一個時候，第四階級要將這發揮出來的。如果在未熟之中，却由克魯巴金發揮了，則也許這倒是不好的結果。因爲第四階級的人們，是即使沒有克魯巴金，也總有一個時候，要向着該去的處所前進的。而且這樣的前進，却更堅實，更自然。勞動者們，是便是克魯巴金，馬克斯似的思想家，也並非看作必要的。也許沒有他們，倒可以較爲完全地發揮他們的獨自性和本能力。

那麽，譬如克魯巴金，馬克斯們的主要的功績，究竟在那里呢？說起來，據我之所信，則在對於克魯巴金所屬（克魯巴金自己，也許不願意如此罷，但以他的誕生的必然，不得不屬）的第四階級以外的階級者，給與了一種覺悟和觀念。馬克斯的「資本論」，也一樣的。勞動者和「資本論」之間，有什麼關係呢？爲思想家的馬克斯的功績，最顯著者，是在使也如馬克斯似的，在資本王國所建設的大學裏卒了業的階級的人們，加以翫味，而對於自己們的立脚點，閉了覺悟的眼。至於第四階級，是無論這些東西的存在與否，總要進向前進之處的。

此後，第四階級者或將均霑資本王國的餘慶，勞動者將懂得克魯巴金，馬克斯及其他的深奧的生活原理，也說不定的。而且要由此成就一個革命，也說不定的。然而倘使發生了這樣的事，我便不能不疑心到那革命的本質上去。法國的革命，雖然說是爲民衆的革命而勃發的，但只因爲是和盧梭服爾德輩的思想有緣而起的革命，所以那結果，依然歸於第三階級者的利益，眞的民衆卽第四階級，却直到今日，仍被剩下在先前的狀態上了。看現在的俄國的狀態，覺得也有這缺憾似的。

他們雖說是以民衆爲基礎，起了最後的革命，但俄國民衆的大多數的農民，却被從這恩惠除開，或者對於這恩惠是風馬牛，據報告所說，且甚至於竟有懷着敵意的。

因了並非眞的第四階級所發的思想或動機，而成功了的改造運動，也只好走到當初的目的以外的處所，便停止起來罷。和這一樣，卽使爲現在的思想家和學者的所刺激，發生了一種運動，而使這運動發生的人，卽使自己以爲是屬於第四階級者，然在實際，則這人，恐怕也不過是第四階級和現在的支配階級的私生兒罷了。

總而言之，第四階級已將自己來思想，來動作這一種現象，是對於思想家和學者，提出着可以熟慮的一個大大的問題。於此不加深究，而漫以指導者，啓發者，煽動家，頭領自居的人們，總有些難免置身於可笑的處所。第四階級已經將那來自別階級的憐憫，同情，好意，開始發還了。拒却，或促進這樣的態度，是全繫於第四階級本身的意志的。

我是在第四階級以外的階級裏出世，生長，受教育的。所以對於第四階級，我是無緣的衆生之一人。因爲我絕對地不能成爲新興階級者，所以也並不想請給我做。爲第四階級辯解，立論，運動之類那樣的蠢極的虛僞，也做不出來。卽使我此後的生活怎樣變化，而我終於確是先前的支配階級者之所產，則恐怕無異於黑人種雖用肥皂怎樣地洗拭，也還是不失其爲黑人種一樣的罷。因此，我的工作，大概也只好始終做着訴於第四階級以外的人們的工作。世間正在主張着勞動文藝。又有加以辯護，鼓吹的評論家。他們用了第四階級以外的階級者所發明的文字，構想，表現法，漫然地來描寫勞動者的生活。他們用了第四階級以外的階級者所發明的論理，思想，檢察法，以臨文藝作品，區分爲勞動文藝和不然的東西。採取這樣的態度，我是斷乎做不到的。

如果階級爭鬬是現代生活的核心，這是甲，也是癸，則我那以上的言說，我相信是講得正當的言說。無論是怎樣偉大的學者，或思想家，或運動家，或頭領，倘不是第四階級的勞動者，而想將什麼給與第四階級，則這分明是僭妄。第四階級大概只有爲這些人們的徒然的努力所搗亂罷了。

（一九二二年作。）

——譯自「藝術與生活」。——

以生命寫成的文章

有島武郎

想一想稱爲世界三聖的釋迦，基督，蘇格拉第的一生，在那里就發見奇特的一致。這三個人，是沒有一個有自己執筆所寫的東西遺給後世的。而這些人遺留後世的所謂說敎，和我們現今之所爲說敎者也不同。他們似乎不過對了自己鄰近所發生的事件呀，或者或人的質問等類，說些隨時隨地的意見罷了，並不組織底地，將那大哲學發表出來。日常茶飯底的談話，卽是他們留給我們的大說敎。

倘說是暗合罷，那現象却太特殊。這十分使人反省，我們的生活是怎樣像做戲，尤其是我似的以文筆爲生活的大部分的人們。（一九二二年作。）

—譯自「藝術與生活」。—

凡有藝術品

武者小路實篤

凡有藝術品，無須要懂得快，然而既經懂得，就須有味之不盡的味道。這是，不消說得，必須有作者的人格的深的。凡藝術家，應該走着自己的路，而將對於自然和人類的深的愛，注入於自己的作品裏。

外觀無須見得奇拔，也無須恐怕見得奇拔，但最要，是在將自己的全體，傾注在作品裏。將深的自己，照樣地，不偏地，傾注在作品裏。這事，是在自己有得於心的。有得於心，則只好無論別人怎樣說，也毫不喫驚，而確實地走向有着確信的處所去。

有人說，我的東西是沒有熱情的，有幾處是妥帖的。要怎麼做，纔中這些人們的意，我是知道的。然而這不消說，是邪路。無論被人們怎樣說，我也只好在別人沒有留心的處所，使良心無所不屈，順着後顧不疚的路，耐心地走去。定做的東西，只顧外觀，不顧質料。作者是應該較外觀更重質料的。被個人的誤解，並非致命傷。不置重於雖然站在「時」的面前，也不辟易的內容，而惟將包裹展開去，是恥辱，同時也是致命傷。賞讚無須要牠來得快；在別人沒有留心的處所，使良心無所不屈，倒是必要的。但是不要將這看作戰戰兢兢的意思。走着自己的路的人，不會戰戰兢兢的。戰戰兢兢者，是因爲顧慮別人，走着裏面空虛的路的緣故。走着有確信的路的人，是不會戰戰兢兢的。

批評家的一想情願的要求，置之不理就是。他們本不是眞心希望着作者好起來。他們也是人，不會根本地懂得別人的作品的。況且在短期間中，看許多作品，總得說些什麼，所以大抵說出沒有自覺的話來，固然也無足怪。又，作者要向批評家教給點什麼，也可慮的。自己的路，除了自己工作着，自覺着走去之外，沒有別的法。而且較之在能見處做，倒是在不能見處做尤爲必要。惟有在不能見的東西顯現出來的處所，纔生出微妙的味道來。技巧家的作品的味道之所以薄，就因爲技巧家太盡力於能見的處所了，而忘却了不能見的處所的緣故。（一九一五，十。）

—譯自「爲有志於文學的人們」。—

在一切藝術

武者小路實篤

在一切藝術，最犯忌的是有空虛的處所；有無謂的東西；還沒有全充實。只有眞東西充實着。不充實的藝術，都是虛僞的；至少，那沒有充實的處所，是虛僞的，是玩着把戲的，雖然也有工拙。

虛僞有時也裝着充實似的臉。然而那是紙糊玩意兒，一遇着時間和事實，便不能不現出本相。不能分別眞東西和假東西的人，就因爲這人就是假東西的緣故。

以假的也不妨，只要眞實似的寫着爲滿足的時代，已經過去了。只要寫眞實，則見得虛假似的也不妨的時代，已經來到了。

有人說，眞實的事是不能寫的。這樣的人很可憐。將事物，照樣地寫，是不能的，然而眞實的事却能寫；不是眞實的事，是不能眞實地寫出來的。卽使意思之間是在造謊，但倘使知道是在造着謊，便知道了造着謊這一件眞實的事。

然而，也許有人要說，只要知道了造着謊這一件眞實的事，那就不下於寫着眞實了，也就行罷。這樣的人，是拿出十元的鍍金的金幣來，說道「這是假的」，而想別人便道「哦，原來如此，」就當作十元收用了去的人。

像陀密埃（H. Daumier）和陀拉克羅亞（E. Delacroix）所畫那樣的人和動物，是沒有的罷。但陀密埃和陀拉克羅亞的畫是眞東西；是寫了眞實的。像沙樊（P. Chavannes）和迢尼（M. Denis）所畫那樣的風景和人，是沒有的罷，然而誰說是寫了虛假了呢？如戈耶（F. Goya），如比亞茲萊（A. Beardsley），如盧敦（O. Redon），也決不畫假東西。不明白這一點的人，便說眞實是不能寫的。

無論怎樣的寫實家，「如實」地是不能寫的，然而「實」却能寫。不明白這一點的人，也就不會懂得所謂「自由」和「個性」；而且也不會懂得偉大的作品。

陀思妥夫斯基（F. Dostoevski）的文章也許拙罷。但倘教陀思妥夫斯基寫了都介涅夫（I.Turgeniev）似的文章，將怎樣呢？卽使寫了託爾斯泰似的文章，陀思妥夫斯基也就不成其爲陀思妥夫斯基了。要顯出陀思妥夫斯基來，陀思妥夫斯基的文章是最好的文章。只有懂得這意思的人，纔能夠批評文事。

凡是大藝術家，大文豪，都各有自己獨特的技巧，而且使這技巧進步，一直到極端。不使進步，是不干休的。世間沒有半生不熟的天才。

毫不帶着世界底的分子的人，卽毫無人類底的處所的人，是根的浮淺的人，是作爲人類，沒有大處的人。

我們不願意到什麼時候總還是支流，要跳進本流，做些儘自己的力量的事。如果不行，便是不行也好。

被稱爲日本的摩泊桑（Guy de Maupassant），日本的惠爾倫（P.Verleine），就得以爲名譽，是使人寒心的。假使和默退林克（M. Maeterinck）是比國的沙士比亞，契訶夫（A. Chekhov）是俄國的摩泊桑，惠爾哈連（E. Verhaeren）是歐洲的威德曼

（W. Whitman），羅德勒克（Henri de Toulouse-Loutrec）是法國的歌麿之類，是一樣意思，那倒還不妨，但看去總不像一樣意思。在「日本的」之中，總含有盤旋於範圍裏的意味。這也是範圍裏的不很好的地方。

我們不應該怕受別人的感化，而躲在洞窟裏。爲要使自己活，不儘量受取，是不行的。只有能夠因着受取而使自己愈加生發的人，纔是眞有個性的人。

我們是活用着迄今所記得的東西而生活着的。便是人類，也如此。活用着人類所記得的東西，更將新的眞，善，美使人類記得，是文藝之士的工作。文藝之士應該成爲人類的頭腦或官能，而且使人類生長。人類是記性很好的人；也不是閒人，倘將已經記得的事，新鮮似的講起來，就要覺得不高興。日本現今的文藝之士，不過是將人類已經知道的事，向鄉下的鄉下的又鄉下去通知。爲人類所輕蔑，已無法可想。然而既然稱爲文藝之士，則鄉下的鄉下的巡遊，想來總該要不耐煩的。

正如落鄉的戲子們，自稱我是戲子，便使人發笑一樣，日本的文藝之士稱着什麼文豪呀藝術家呀，要不爲人所笑，也還須經過一些時間。

然而，在鄉下，聽說是稱爲大文豪，大藝術家的。

（一九二一，七。）

—譯自「爲有志於文學的人們」。—

文學者的一生

武者小路實篤

一

文學爲什麼在我們是必要的？在有些人們是全然不必要？無論怎樣的文學，也不至於不讀牠就活不成。這些事，是不消說得的。爲娛樂或消閑計，文學也不必要。爲這些事，還有更可以取媚於讀者和看客的東西；還有使誰都更有趣，更忘我的東西。至少，應這要求而做出來的東西，要多少有多少。而文學，却不是這樣的東西。從實說，文學是並非因讀者的要求而生，乃是由作家的要求而生的。和娛樂不同的處所，也就在這里。媚悅公衆的是娛樂，而文學却也如別的藝術一樣，是由作家自己的要求而寫的。公衆雖然也成爲問題，但這並不是說怎麼辦，便可以取悅於公衆，而是怎麼辦，便可以將自己的意志傳給公衆。

所以，凡文學者，總是任性的居多；而生發自己的事，便成爲第一義。讀者須是自然而然地有起來，作者寫作的時候，普通是不記得讀者的。如果有將讀者放在心裏，寫了出來的作品，從有心人看來，那作品就成爲不純。雖然有時也爲了要給人們閱看而寫作，但這事愈不放在心裏就愈好。音樂師爲了給公衆聽而彈鋼琴，一彈，則全身全心的注意，都聚在指尖上，將想要表出的，用了全力來表出，對于聽衆，大概是並不記得的。愈是名手，大概就愈加自己像做夢一般，聚精會神地幹。我去聽普來密斯拉夫到日本後第一次演奏的時候，見他很自由，很隨便，宛然流水的隨意流去一樣，似乎忘記了樂譜，一任了必然的演奏着，很喫了驚，而且和大家都成了做夢似的了。

寫的時候也一樣，一有想寫得好些的意思，已經是邪道。作者只要能使自己滿足地用了全力，最鎮靜地，用了必然，在最確的路上進行就可以。只要順着這人的精神的趨向，全心被奪於想要更深地，更確地，更全力底地，更注意地，更眞實地抒寫出來的努力，而忘却了其餘的事，一徑寫下去，就可以了。

這樣地寫出來的東西，進到或一程度以上的時候，這便是文學。在文學，讀者不是主，作家倒是主。所以文學最初很容易使許多人起反感。

文學是一種征服工作。是用了自己的精神，打動別人的精神的。使自己的精神動作，而別人的精神因而自動，則以作家而論，就已經成了樣子了。所以，精神力不多的作家，是不能成爲大作家的。

假如作家因爲有趣，做了一種作品，那麽，讀者也看得有趣的罷。然而，如果那有趣法是淺薄的，則只能使淺薄的人們高興。這時候，也是作者是主，而讀者是從。但是，有此主乃有此從，想得到不相稱的讀者，是不能夠的。雖然喜歡看，却不能佩服，雖然會佩服，却不喜歡看，這樣的事也並非不會有。只在自己的閒空時候看看的東西，有趣是有趣的，心底裏却毫無影響，這樣的作品也常有。這樣的作品，固然可以算是通俗的，但作爲文學的價值並不多，是不消說得。反之，不能隨隨便便去看的東西，是翻翻也可怕，然而一旦看起來，心裏却怦怦地震動，這樣的作品，價値是多的。

凡是好的文學，並非在餘暇中做成的，作家的全精神，都集注在這里；作家的全生活的結晶，都在這里顯現。所以看起來，也不很舒服，有時還至於可怕。於是很難說是喜歡看了，然而要不佩服，是不行的。

文學並不是只爲取悅於這人生的，文學不是無生氣的，文學是更不顧慮讀者的東西。有時還使讀者的一生，弄得更苦；至少，則不使讀者安閒的作品也很多。也有爲要使讀者快活的文學；還有，有着使讀者墮落的傾向的文學，也不是沒有。而同時，也有使讀者更反省，更嚴肅的；也有使增加勇氣，也有使活得不快活的。這就因爲作者的精神的傳播。在政治家，文學自然是討厭的東西。文學的價値，就在任性這一點上，在這里，能够觸着人的精神。

有一時，在日本曾經接續着弄着蕭（Bernard Shaw）的東西。我是喫傷了。然而蕭的東西，有時也還是好的。許多別的東西之中，假如蕭的東西混在裏面，則蕭的東西，無論那里總是蕭，倒也有趣。卽使是默退林克和斯忒林培克(A. Strindberg)的東西，如果單是這些，就沒有意思。然而默退林克的東西，在懷念時，無論那里總看見默退林克的特色的東西，是有趣的。託爾斯泰和陀思妥夫斯奇也一樣，假使世界的文學只塡塞着這兩人的東西，就難耐。我們便成了零了。各式各樣的人，公開着各式各樣的世界，所以使人高興。

到要到的地方去。但是雖然到了，却不知道主人的所在，就無聊。主人的色彩不明白，也無聊。這人世，是不將心的所在，明白地指出的人們的集團。然而文學者，却不可不將自己的心的所在，明白地指出。這是文學者的工作。世上倘沒有文學者，便寂寞，就是爲此。活了一世，不能觸着人的魂靈，是不堪的。有天才，使自己的世界儘是生發，一想到這些人們的事，便可以收回對于人的愛和信來。

倘不這樣，就太孤獨。在並沒有對於人心感着飢餓的必要的人們，文學是沒有意思的東西。這些人們，只要有娛樂就好；有媚悅自己的東西就好，然而飢餓于人的眞心的人，若只有這些，却寂寞。對於天才的愛，於是發生。

和沒有眞知道這樣的寂寞的人，我不能談文學。

「人類是無聊的，人類是不誠實的，人類是只有性慾和利己心的，無論走到那里，只有虛僞，只有討厭的人們。」以此，不寂寞的人，不能眞愛文學。人類雖然是性慾和利己的團塊，但其中却有不可以言語形容的可愛的善良的地方，或是誠懇的地方。知道了這樣的事，而不感到歡喜的人，是應該有比文學更其直接的東西的。

二

從讀者那一方面說，也還是作家始終任性的好。還是將別的世界，一任別人，而使自己的世界儘量地生發起來的好。

又從作家這一面說，也除了始終使自己儘量地生發之外，沒有別的路。無緣的人，就作爲無緣的人；自己呢，除了始終依着自己的內發的要求，寫些自己可以滿足的，不敷衍，有把握的，而且竭力寫些價値較高的東西之外，沒有別的路。這樣地走着，眞感到歡喜的人們，便漸漸地多起來。

文學底質素很貧弱的人，本來就不能任性到底。神經鈍的，內省不足的人。也間或因爲任性，却墜入邪路去。然而最要緊的，是使自己生發，不爲別人的話所迷。除了使自己全然成爲自己之外，沒有別的路。像名工的鍛鐵一般，除了鍛鍊自己之外，沒有別法。愈加純粹地，銳利地，精深地，憑了一枝筆，將自己生發下去；那生發的方法，愈巧妙就愈好。能够如此的人，是天才；這是能才所不能的本領。

天才能懂得別的天才的好處，而且從中吸收那生發自己所必要的滋養分。卽使受着感化和影響，然而有時總完全消化，全成了自己的東西。而且，倘不生發了自己，便執拗的不放手。這力量愈强，卽愈有作者的價値。又以作者而論，則如此作者的作品，纔有强有力的感興。在這里，是蒸餾着作者的全生活的。

從讀者而言，倘不是全力底的東西，不知怎地總不能全心底地將愛奉獻。日本的作品，這全力底的東西總是不多。完全地生發了個性的人，幾乎沒有。在獨步，漱石，二葉亭，也許看見一點這傾向罷；也可以說，個性也有些出現。但要說全然出現，却還早得很。此外，尤其是現今活着的人們之中，連要說有些出現也還不行。有特色的人，那是也許有的。然而個性有些出現的人，在我的前輩中是沒有。或者要有人提出抗議罷，但這是提出的人不對的。沒有可靠的人。雖然有着自己的世界，但太貧弱，誠意不足。雖有有主義的人，而這還沒有全成爲這人的血和肉；至少，是連這一點也還沒有在作品上顯出來。何況個性之類，會出現的麼？還是滿身泥垢，埋着哩。首先，連個性這東西的存在，也還未必覺得。在年青的人們裏面，我倒知道有着有些出現的人。然而這也不過說是有些出現。

個性全然生發了的時候，這作家對於「時光」，即不必畏懼。這人的作品，只要人類存在，便可以常有自己的王國而活下去。並且也可以等候那來訪的人。即使沒有來訪的人，那是不來的那一面的不自然。人類是以這樣的人的存在爲誇耀的。

特色是可以人造的，也能用技巧。但個性，却只能從全然生發了自己這一事上纔能够產生，一到這地步，便不是毛胚了，無論有了怎樣巧妙的摹仿者，也不要緊。單是眉目，已經成就了。

這樣的人的文學，則以眞的文學而存在。無論政治家們怎樣害怕，也沒有法。活在人們的心裏，人們只要和這一相觸，一有什麼事就想到，而在其中遇其知己，得到領會。並且又有回憶起來的效力。這人的名，每一想到，就有一種感，自然起了愛和尊敬之念，而且增加勇氣，或者感到歡喜。我只尊敬給我這樣的感的人。一想到這人的名，倘只是想要嘲笑，或覺得討厭，是不會尊敬的。還有，雖然想到了這人的名，而毫不發生什麼感興，那麼，也不會想到這人的罷。也有一一看起來，是可數的作者，而作爲全體，却毫不浮出什麼感興的人。這樣的人，是立刻被人忘却的。這樣的人，被忘却也很應該。連這樣的人都要記得，那可使人不耐。

別人又作別論，我是喜歡斬釘截鐵的作品的；對於眞，自然還須有銳利的良心。但是，較之所謂容易之作，是更喜歡特色鮮明之作。而且愈充實，就愈好；愈深，就愈好。看不出實感的無聊之作，則無須說得。那實感，也是愈大價就愈好。寫些兩可的事的人很不少，那麼，讀者當然也無須拚命。當創作的時候，倘只留心於技巧而不管那最緊要的精神，則於現在的人們的心，沒有震動。有如拉弓，只留心於形式，是不行的。為生發精神計，形是必要的，聚會了精神，強力地從正面射透那靶子的中心，是必要的，這應該是誰都知道的事。不要忘却了緊要的事。倘不是純寫着眞實的事，具體底地，客觀底地，或則大主觀底地，將精神生發下去，就不會生出眞的技巧來。這樣子，纔有切合于自己的技巧，必然地發生，那結果，就逐漸滲出個性。如果做了許多工作，而不見個性，那是顯示着這人由不純的動機而工作着的。

在日本，眞懂得文學的人並不多。還都是連非懂不可的事都不很懂的半通。再過十年，這些事情就會誰都明白地懂得的罷。現在的人，對於文學這事，並沒有眞懂得；只是自以爲懂得就是了。也沒有懂得眞的文學的價值，先就連賞味的事也沒有；而許多人，是寫些還未成爲文學的作品，就滿足着。（與其說許多，倒不如說是全體。）所以，現在的日本，文學是權威也沒有，什麼也沒有，若有若無的樣子。便是西洋，無聊的文學是多的，然而眞的文學者偶然也有，大約現在也有十來個人罷。但在日本，可以自稱爲眞的文學者的人，却一個也還沒有，都是未成品，要不然，就是半而不結的貨色。

被西洋人問起日本可有文學來，許多人很窘，是當然的事。文學不但是要更精鍊，個性分明，精神聚會，印象深，而且不能摹仿，還應該根本底地深入到別人所不能到的地方去。應該有一提起這人的名，這人便分明地浮出來，此外無論用了誰的名，都不能浮出的深的內容。

不必將自己的經驗照樣寫出；寫童話，寫小品，寫別人的事，都可以的，只要在那深處，出現着非這人便不能表出的眞實就好。只要由了一切作品，作者被整個雕刻出；那作者，有着不能求之別人的或一種美就好；應該造出一想起那人的世界，人類便覺得喜歡的世界來。

單是這麼說，也許聽去覺得太抽象底的。然而，只要一想瞿提（Goethe），雩俄（V. Hugo），託爾斯泰，陀思妥夫斯奇，伊孛生，斯忒林培克，從這些人們的名所給與的內容，則我所要說的意思，至少在有些人們是懂得了罷。

文學，是靠着將自己的精神裏面有些什麼東西，表示出來，而在別人的精神裏面，尋出自己的知己的運動之一。作者是主，讀者是從。作者只要將自己全然生發了，就好。於生發自己是有用處的，便用作自己的東西，有害的，就推開。而且使自己愈加成爲自己，用各樣的形式，將這自己完全寫下去，以過一生。這就是文學者的一生。（一九一七，八，二九。）

—譯自「爲有志於文學的人們」。—

論詩

武者小路實篤

詩是無論什麽時代都存在着的。有人的處所，有男女的處所，有自然和人類的交涉的處所，就有詩。在嬰兒，沒有語言，也沒有性慾，然而詩是有的。

獨行山路時，不成語言的詩卽脫口而出。看見海，走在郊野上，也想唱唱歌。人心之中有詩，生命之中有詩，和外界相調和時有詩，詩雖說是做的，然而是生出來的。所謂做者，不過是將那生出的東西加以整理。

詩不生於沒有潤澤的心。詩僅生於活潑潑地的心。利害打算，和詩是緣分很少的。

在詩，附屬着韻律（Rhythm）；那韻律，是和其人的生命，呼吸，血行有關係的。試合着既成的形式，使自己的生命充實而流行，有時雖然也有趣，然而內部也不可沒有動輒想要打破形式的力。

這一點，是和水很相像的。大河，是仗着河堤防止着力的氾濫而存在的；但河堤須不可是紙糊的東西。河的力，必須不絕地和河堤戰鬬。

避了河堤而流行的川，不是眞的川。所可尊敬者，只在牠不使從內部溢出的力散漫，以竭力成爲集注的狀態，作爲可以溢出的前約這一點。

好的騎士，並非使駑馬變成駿馬的幻術家，不過是能够統一了駿馬的力，使牠更加生發的人。這雖然是很普通的話：倘不磨，即使鑽石也不發光的就是。但無論怎麼磨，倘是瓦，可也沒有法。然而如果是很大的巖石，就又有趣了。這麼一說，便成爲即使不磨，也是有趣的意思了。可是以詩而論，將自己的心的動作，照樣地表現出來的事，也還是一種藝術。領會，是必要的。只是也不能說：將心的所有照樣，煎濃了而表現，便不成其爲東西。

將在自己內部的東西，照樣地生發起來的時候，單是這個，就大抵成爲出色的好詩。

第一，最緊要的是本心。閒話和稗販，是無聊的。技巧呢，依着辦法，雖然也會有趣，但倘若內部的生命萎縮着，可就糟。

不充滿於生命的東西，我是嫌惡的。

火以各種的狀態飛舞，並不是做作的。人的生命，也以各種狀態顯現，這一到純粹，便是詩。

如果生命並不纖細，則用了自己所喜歡的裝束出來也可以。生命必須愈加生發起來。

此後，詩要漸漸地盛大罷，也不能不盛大。在人造人類，人造社會的人類裏，詩是不必要的。

所以，帶着生命而生下來的人，總要繼續着唱歌，直到生命能够樸素地生活的時候的罷；而且生命倘能够樸素地生活，也還要繼續地唱歌的罷。

前者的時候，如噴火山的，
後者的時候，如春天的太陽的
詩呀，詩呀，生命之火呀！
燒起來罷！
在散文底的時代，詩更應該被飢渴似的尋求。
如果詩中沒有這樣的力，這是詩人之罪，不過是在說明詩人的力的微弱。
（一九二〇，一二。）

——譯自「爲有志於文學的人們」。——

新時代與文藝

金子筑水

第一

與其來議論文藝能否盡社會改造的領港師的職務，還不如直捷地試一思索，要怎麼做，文藝纔能盡這樣的職務，較有意思罷。但因爲要處理「怎麼做」這一個問題，在次序上，就先有對於第一問題——文藝究竟可有做改造的領港師的資格，簡單地加以檢查的必要了。

從文藝的本質說起來，實際上的社會改造的事，本不必是其直接的目的。正與關於人生的敎訓，不定是文藝當面的職務相同。但關於人生，文藝却比別的什麼都敎得多，正一樣，關於社會改造，卽使沒有敎給實際底具體底的方法，而其鼓吹改造的根本上的精神和意義，則較之別的一切，大概文藝是有着更大的力量的。我要在這里先說明這一點。因了看法，也可以想：與其以爲文藝率領時勢，倒不如說是爲時勢所率領，時勢的反映是文藝，却不一定是其先導者。換了話說，就是也可以想：是時代產生文藝，而非文藝產生時代的，所以雖然可以說文藝代表時代，却不能說是一定創造新時代。誠然，時代的反映是文藝，文藝由時代所產出，那本是分明的事實，我們要否定這事，自然是做不到的。豈但不能否定而已，我們還不能不十分承認這事實哩。然而更進一步想，則這一事實，也並不一定能將文藝創造新時代的事否定。由時代所產生，更進而造出時代來，倒是文藝本來的面目和本領。一面以一定的時代精神作爲背景而產生，一面又在這時代精神中，造出新的特殊的傾向和風潮者，乃是文藝的本來。或者使當時的時代精神更其強更其深罷；或者使之從中產生特殊的傾向罷；或者促其各種的改造和革新罷；或者也許竟產出和生了自己的時代似乎全然相反的新時代來。在各樣的意義上，文藝之與時代革新或改造的根本精神相關——謂之相關，倒不如說爲其本來特殊的面目，較之理論，事實先就朗然地證明着了。卽使單取了最顯著的事實來一想，則如海爾兌爾（Herder）瞿提，（Goethe），希勒壘爾（Schiller）等的理想派文藝，不做了新時代的先導和指引麼？海爾兌爾的人文主義，不造了那時一種崇高的氣運麼？瞿提的「少年威綏的煩惱」（Die Leiden des Jungen Werther），「法斯德」（Faust），「威廉邁斯台爾」（Wilhelm Meister），能說沒有造出最顯著，最特殊，而且在或一意義上，是最優秀的傾向和時代麼？和這意思一樣，希勒壘爾的「羣盜」（Räuber），「威廉鐵勒」（Wilhelm Tell），豈非從新造出了理想派的意義上的最高貴的「自由」的精神和意氣麼？要取最近的例，則如託爾斯泰的文藝和思想，對於新時代的構成，難道沒有給以最深刻而且最微妙的影響麼？就在我國的文壇和思想界，他的影響不也就最顯著最深刻麼？人道主義底，世界主義底，社會主義底而且基督敎底思想傾向，不是由了託爾斯泰的文藝，最廣遠地宣傳播布的麼？現在的新時勢，自然是在世界底協同之下造出來的，但其中應該歸功於託爾斯泰的力量的部分，不能不認爲很大。可以說：他確是產出今日的新時代的最大的一人。

文藝的生命是創造。在創造出各種意義上的精神和傾向中，有着文藝的生命，如果抽去了這樣創造的特性，文藝裏就什麼價值也沒有。文藝的價值，是在破壞了舊時代和舊精神，一路開闢出新的活潑的生活的林間路(Vista)。單是被時代精神所牽率，不能積極地率領時代精神的文藝，雖有文藝之名，其實不過是無力發揮文藝的面目的低級文字。尤其是在今日似的世界大動搖——一切都得根本底地從新造過的時代，則將文化所當嚮往的大方針，最具體最鮮明而且最活潑地指示出來者，無論從那一方面看，總應該是文藝。實際底直接的設施，並非文藝的能事，新文化所當嚮往的最根本底的方向和精神，却應該就由文藝和哲學來暗示的。而且這樣的改造的根本底精神，也總非文藝家和哲學家和天才從現代的動搖的根柢裏，所發見所創造的新精神不可。今日的文藝家的努力和理想之所在，就是這地方，凡有不向着這理想而邁進的文藝家，總而言之，就不過是被時代所遺棄的一羣落伍者。

第二

將來的文藝應取什麼方針進行？當來的文藝的進路怎樣？與其發些這樣旁觀底的豫言者似的疑問，不如一徑來決定文藝的將來應當如何，倒是今日的急務。時勢是日見其切迫了。今日已不是問文藝究將怎樣的時候，而是決定今日的文藝，怎樣纔是的時候了。而且其實也並非究將怎樣，却是藉了文藝家的積極底的努力，要他怎樣，將來的文藝就會成爲怎樣的。我就想在這樣的意義上，簡單地試一考察當來的新時代和文藝的關係。

說到當來的新時代，問題過於大，不易簡單地處理。然而改造又改造，則是今日的中心傾向了。改造的根本精神是什麼？什麼目的，非行社會改造不可呢？倘幷這一點也不了然，則遑那爲什麼叫改造，爲什麼要社會改造，都是很不透澈的。當這時候，我們也不必問將來的社會生活將如何，應該一徑決定使將來的社會生活成爲怎樣。將來的社會生活——正確地說，則是現在還是無意識地潛伏在人心的深處的理想，乃是全然隱藏着的理想和傾向，什麼時候在事實上實現，目下是全然不得而知。但是將來總非實現不可的理想或要求，幾乎無意識地在今日人心的深處作用着，則我以爲殆是無可置疑的事實。我在這里，不能將這要求或理想明確地說明。但那大概是怎樣種類的東西，在今日的人們，也自己都已認識領悟的。

十九世紀特是產業主義的時代，現在已沒有再來說明的必要了。當來的二十世紀，也就永是這產業主義一面，時代就推移進去的麼？自然，產業的發達和工商業的進步，在現今和今後的人類生活上，是必不可缺的要件，倘沒有這一面的文明的進步，將來的社會生活是到底無從想像的。但是，產業底生活，果眞是人類生活的全體麼？人類生活單以產業生活一面，果眞就能滿足麼？這其間，就特有文藝家和哲學家所懷抱的大問題在。十九世紀者，除却那最初的理想主義底文明，大體就是產業主義一面的時代。物產生活的擴充，便是十九世紀文明的主要傾向。借了羅素的話來說，就是只有佔有慾望這一面得到滿足——或者不得滿足——而創造慾望幾乎全被壓抑，全被中斷者，乃是十九世紀文明的特徵。人心便偏向着可以滿足那佔有慾望的手段——金錢財寶這一方面而突進了。在十九世紀，爲人心的中心底要求者，不是理想，也不是神，而大抵是曼蒙神——金錢。今日的人們，還有應該十分領悟的事，便是十九世紀時，自然力——自然的機械底的力是幾乎完全壓迫了人間的力，人類的自由就被「自然」奪去了。自然科學佔了哲學的全野，實證主義風潮主宰了一切人心，各種的機械和技術，則支配了精神活動的全體。一切都被自然科學化，被自然化，被機械化，人類特殊的自由幾乎沒有了。知識——機械化的知識佔了精神活動的主要部，感情和意志的力幾乎全被蔑視。世間遂爲乾燥無味的主智主義——浮薄膚淺的唯理論所支配，人心成爲很是冷靜的了。

在文藝上，則一切意義上的寫實主義支配了全體。不特此也，當十九世紀的後半，自然主義且成了一切文藝的基調了。冷的理智底機械底的觀察和實驗，就是支配着文藝全體的傾向和精神。

二十世紀就照着十九世紀的舊文明一樣前進麼？瀰漫了現世界的改造的大機運，不過將舊文明加些修繕，就來推行於當來的二十世紀麼？人心將始終滿足於十九世紀的產業底文明麼？對於前代文明的甚深的不滿，現在並沒有半無意識地支配着人心麼？用了銳敏的直觀力，來審察今日的世界底動搖，則對於十八十九世紀以來支配人心的偏產業主義偏理智主義的不安和不滿，已經極其鬱積了，而其大部分，不就是想從這强烈的壓迫下逃出，來一嘗本來的人間性的自由這一種熱望和苦悶麼？那麼，最近的世界底大戰，豈非就照字面一樣，是決行算定十九世紀文明的大的暗示麼？當十九世紀末，對於十九世紀文明的不安不滿的傾向，已經很顯了。世紀末文藝，就可以看作這不滿懊惱的聲音。社會主義底精神和各種社會政策，就可以看作都是想從物質底迫壓下救出民衆來的方法和努力。

在這樣的意義上，在當來的二十世紀，無論怎樣，總該造出替代十九世紀文明的新文明來。這並非否定產業底文明和自然科學底文明的意思，但是，總該用什麼方法，至少也造出那不偏於產業主義一面的新文明，單將產業主義當作生活的根脚的超產業主義的文明——卽能够發揮人間性的自由的新文明來。在這里，就含着改造的眞義，在這里，就與起生活革新的眞精神。

所以當來的新文藝——我敢於稱爲新文藝，非新文藝，卽沒有和世界改造的大事業相干的權利，這樣的意思的將來的新文藝——當然應該是對於將來的新文明，加以暗示，豫想，創造之類的東西。新文明現在已是世界民心的眞摯的要求和理想了，正一樣，新文藝也該是世界民心的必然底的要求和理想。豫想以及創造當來的新文明的根本精神者，必須是將來的新文藝——不，該是今日的新文藝。所以將來的新文藝，和前代的自然主義的文藝，面目就該很不同。假如自然主義底文藝，是描寫人類的自由性被自然力所壓迫的狀態的，則新文藝的眼目，就該是一面雖然也承認着這自然力或必然力，而還將那踏倒了這自然力，人類的自由性却取了各種途徑，發露展伸的模樣，描寫出來。十九世紀末文藝，已經很給些向着這一方面的暗示了。託爾斯泰的思想和文藝，就是那最大的適例。所以，由看法而言，新文藝與其說是自然主義底，倒要被稱為新理想主義底——假使新理想主義這句話裏有語病，則新人道主義底，或者新人間主義底的罷。不將文藝的範圍，拘於人間性的一面，却以發露全人間性為目的者，該是新文藝的特徵。但現今，還是人間性正苦於各種的機械底束縛和自然的壓迫的時代。怎麼做，纔可以從這些束縛和壓迫將自己解放呢？這是今日當面的問題。所以雖是今後的新文藝，若干時之間，還將惱殺於希求從這些束縛的解放，那主要的傾向，也不免是向自由的熱望和苦悶罷。將來的文藝，固然未必一跳就轉到新人間主義去。然而世界的文藝，總有時候，無論如何，該向了這方面進行。否則，人間性為自然所虐，也許要失掉本性的。為發露人間性起見，無論如何，總得闢一個這里所說的新生面。

如果以為今日的世界的動搖，不單是「為動搖的動搖」，却是要將民衆從物質底必然底機械底束縛中救出，使他們沐文化的光明，則今日動搖的前途，應該不單是束縛和壓迫的解放而已，還要更進而圖全人間性的完全的發達，乃是一切努力的目的和理想。新文藝可以開拓的領地，幾乎廣到無涯際。迄今的偏於理智一邊的文藝，在人性的無限的柔，深，溫，強，勇這些方面，沒有很經驗，也沒有很創造。理智，尤其是自然科學底理智，太淺薄，皮相，膚泛了。嚴格的意義上的「深」，迄今的文藝，總未曾十分發揮出。被虐的人生的苦惱，就是迄今的文藝所示的「深」。將來的文藝，應該能將全人間性戰勝了必然性，人像人，歸於本然的人，一切的人間性，則富贍地，自由地，複雜地，而且或優美地，或溫暖地，或深刻地，或勇壯地：遍各方面，都自由地發露展伸的模樣，無不自在地經驗，創造。凡文藝家，對於人間性的自由的開發，總該十分富贍地，十分深刻地，率先親身來經驗。他們之所以有關於一切意義上的改造運動，爲其領港師者，就因爲他們比之普通民衆，早嘗到向自由的熱望和求解放的苦悶，更進而將複雜的人間性，廣大地，深邃地，細密地，強烈地親身經驗，翫味，觀照了的緣故。比普通民衆更先一步，而開出民衆可走的進路的地方，就有着文藝家的天職。我們和文藝家的這天職一相對照，便不能不很覺得今日的文藝家之可憐。凡將來的文藝家，在這意義上，無論如何，總該是闖頭陣的雄赳赳的勇士。纖弱和懦怯，無論從什麽方面看，都沒有將來的文藝家的資格。

（一九二一年一月作。）

—譯自「文藝之本質」。—

北歐文學的原理

——一九二三年九月，在北京大學演講——

片上　伸

今天從此要講說的，是「北歐文學的原理」，雖然一句叫作北歐，但那範圍是很廣的，那代表底的國家，是俄羅斯和瑙威。說起俄羅斯的代表底的作家來，先得舉託爾斯泰；瑙威的代表底作者，則是伊孛生。因爲今天時間是不多的，所以就單來談談這兩個。

伊孛生所寫的東西，那不消說，是戲曲，其中最爲世間所知的他的代表之作，是「傀儡家庭」，就是取了女主角的名字的「諾拉」和晚年的「海的女人」。在伊孛生的諾拉裏，伊孛生探求了什麼呢？諾拉對於丈夫海爾曼，是要求着絕對底之愛的。她以爲卽使失了社會底的地位，起了法律上怎樣的事，惟有夫婦之愛是絕對的，不應該因此而愛情有所減退，她並且也想照這樣過活下去的。但在實際上，諾拉得不到這絕對底愛，捨了丈夫海爾曼，捨了三個的愛子，並無一定的去處，在暗夜裏，跑向天涯海角去了。諾拉之所求于夫者，是「奇蹟」，因爲見不着愛的奇蹟，她便撇掉了丈夫。關於這諾拉之所求的愛，不獨在歐洲，便是日本之類，當開演的時候，都會有劇烈的攻擊，而且對於伊孛生的家庭觀，乃至女性觀，也有許多加以非難的人們。「海的女人」是寫藹里達和范蓋爾之愛的。燈臺守者的女兒，以大海爲友的自由的燈臺守者的女兒藹里達，嫁爲已有兩個大孩子的和自己年紀差遠的范蓋爾的後妻，送着無聊的歲月。她在嫁給范蓋爾之前，是曾和一個美國人，而生着奇怪的强有力的眼睛的航海者，有過夙約的。那航海者說定了一定來迎她之後，便走到不知那里去了。過了幾年，航海者終於沒有來，藹里達便嫁了范蓋爾，但枯寂地在范蓋爾的家庭裏，却總在想，什麼時候總得尋求那廣大的自由的海，而捨掉這狹窄的無聊的家庭。這其間，藹里達的先前有約的航海者回來了，你這回應該去了，我還要到別的碼頭去，後天回來來帶你，這樣的命令底地說了之後，向別的碼頭去了。藹里達雖然已是有夫之身，但總覺得無論如何，必須和這航海者一同去。她的丈夫范蓋爾定要留住她；藹里達拒絕道，即使用了暴力，怎樣地來留，我也不留下。於是范蓋爾知道是總歸留不住的，就說，那麼，隨你自由，或行或止，都隨你的自由就是。藹里達回問道，這話是出於你的本心的麼？他說，出於本心的，爲什麼呢，這是因爲眞心愛你的緣故。范蓋爾這樣一說，藹里達便覺彷彿除去了一向掛在自己的眼前的黑幕似的。於是說，我不去了，即使美國的奇異的航海者來到，我也不去了。這雖然和丈夫年紀很差，而且還有兩個孩子，要而言之，表現在這劇本裏面的，是比起廣大的自由的海的誘惑，即海的力量來，愛的力量却還要大。

發現于伊孛生那里的思想，只要從這兩種作品來一考察，便知道是絕對無限的愛。但是，假使得不到這個，那就拋掉了丈夫或是什麼，也都不要緊。沒有這絕對底之愛者，是不行的。他還承認在實際生活上，能實現絕對無限的愛，這能行於家庭。但伊孛生的意思，是說，無論是否適宜於實際，眞理總是絕對底的。和這相同的思想，也可以見於俄國的託爾斯泰。俄國有一個批評家曾經說過，託爾斯泰宛如放在美麗的花園裏的大象一般。蹂躪了這美麗的花園，在象是全不算什麼一回事，就只是泰然闊步着；但這於花園有怎樣的巨大的損害，是滿不在意的。

關於託爾斯泰的思想，如諸君所已經知道一樣，大家多說他是極端。他的無抵抗主義，就作爲口實的一例。託爾斯泰倡道無抵抗主義的時代，是俄國正在和土耳其戰爭，一個冷嘲的批評家曾說，當殘暴的土耳其人殺害俄國的美好的孩子之際，俄國人應該默視這暴虐麽？假使託爾斯泰目覩着這事，當然是不能抵抗的，但因爲也不能坐視太甚的殘虐，恐怕卽刻要逃走罷。

還有，受了託爾斯泰的敎誨，起於加拿大的新敎徒杜霍巴爾（譯者按：意云靈魂的戰士）團，是依照託爾斯泰的主義，絕對不食肉類的，但到後來，連麵包也不喫了。他們以爲麵包的大部分是麥，一粒麥落在地面上，也會結出許多子，喫掉許多麥，是有妨於生物的增加目的的。然而肉類不消說，連麵包也不喫，那麼，來喫些什麼呢？就是喫些生在野地上的草，以保生命。便是喫草的時候，也因爲說是不應該用手來摘取多餘，所以將手縛起來，用嘴去喫草，但那結果，是許多人得了痢疾，病人多起來了。因此托爾斯泰的反對者便嘲笑托爾斯泰的思想怎樣極端，怎樣不適於實際。然而因爲杜霍巴爾的極端，便立刻說托爾斯泰的「勿抗惡」的無抵抗主義爲不好，是不能够的。

托爾斯泰的作品是頗多的。其中可以說是最爲托爾斯泰底的，托爾斯泰的代表底作品者，雖然是短篇，但總要算「呆伊凡」。

讀過「呆伊凡」的是恐怕不少的罷，三個弟兄們裏，伊凡算最呆，怎麼做就遭損，這麼做就不便等類的事，伊凡是絲毫想不到的，就是，伊凡的呆，實在是呆到徹底的。然而，這呆子到最後，却比別的聰明的弟兄們更有福氣。在「呆伊凡」裏面，是託爾斯泰的無抵抗主義，對於納稅的意見，關于徵兵的思想，以及關於那根本的政府否定的態度，都可以看見的。無論是託爾斯泰，是伊孛生，莫不要求極端的徹底底的態度，而抱着不做不徹底的中途妥協的思想，所以大爲各方面所反對。倘若以這兩人爲北歐文學的代表者，則北歐文學的特徵，乃是只求究竟，而不敷衍目前。雖然因此遭反對，但那尋求絕對的眞理的事，尋求這眞理的精神，在別的南歐人裏，是看不見這特徵的。

試看現在的俄國，也可見託爾斯泰的尋求究竟眞理的態度，雖有種種的非議，種種的困難，却還是並無變更，爲此努着力。在目下的俄國，較之革命以前，文學作品是很少的。但一看那要知道現在的俄國，最爲必要的東西，則有亞歷山大，勃洛克(Alexander Blok) 的長詩「十二個」。勃洛克於去年死掉了，「十二個」是他的最後之作，曾經成爲問題的，所寫的地方是現在的俄國的都會（大約是墨斯科罷），時候是深冬大雪的一天。在這下雪的暗夜裏，無知的婦女，失了財產的中產階級，還有先前是使女，現在却裝飾得很體面，和兵士一同坐着馬車的人們，在暗夜的街上往來，而在這里，則有勞動者出身的十二個顯着可怕的臉的赤軍，到處巡行着。其中也寫着街上殺女人，偷東西這些血腥氣的場面；但寫在那詩的最後的一段，是意味最深遠的。十二個人大搗亂了之後，並排走着的時候，在這十二個的前面，靜靜地走着一個身穿白衣的人。這是基督。基督穿着白衣服，戴着薔薇冠。衣服微微發閃，紛飛的雪便看去像是眞珠模樣。然而在十二個人們，却看不見這基督。這詩的意思，大槪是在說，赤軍雖然做了種種破壞底的事，然而這破壞，却是爲打出眞理起見，也就是爲造出新的世界起見，必不可少的建設底的工作，但這十二個兵士中，恐怕是沒有一個知道的。雖然在赤軍是一點不知道，而在前面，却有發光的基督靜靜地在走着，那黑暗的血腥的慘澹的事件裏，卽有基督在。無論看見或不看見，無論意識到或沒有意識到，都正在創出新的眞的世界來。凡這些，我以爲都從勃洛克表現得很淸楚的。

對於現在的俄國，雖然誰都來非難，以爲是失敗了，是破壞和極端和空想，但正在經歷着勃洛克所覺察那樣的「產生之苦」這一種大經驗，則只要一看現在的俄國文學，就很分明。新出於現在俄國的文學，是無產階級的文學。在本是一個勞動者的許多詩人之中，如該拉希摩夫（Gerasimov），波萊泰耶夫（Poretaev）以及別的人，優秀的詩人很不少。這些人們的詩，是咒詛和中傷人們的詩麼？並不，這些人們的詩，都是新的光明底的。該拉希摩夫的作品裏，有題作「我們」的短詩。其中說，歷來的世界底藝術品之中，沒有一種能夠不借我們之力而成就。無論埃及的金字塔和司芬克斯，無論意大利的拉斐羅，達文希，密開朗改羅那些人的偉大的作品，不假手於我們勞動者的，一件也沒有，而在將來，凡不朽的藝術品，也當成于勞動者之手的。他燃燒着新的希望。先前的都會，有華美的生活，同時也多窘於每日的生活的窮人，有人說都會實在是妖怪；工場則是絞取勞動者的血汗的處所，向來就充滿着這樣的咒詛的聲音，但現在的勞動者之所歌詠，是全然和這兩樣了。他們以為現在在都會裏的生活，是將新光明送向廣漠的野外的源頭；在工場中，先前雖是苦惱之處，但現在却是造出新光明，卽科學底文明的中心地了。試看現在的俄國，恰如勃洛克說過那樣，在黑暗的破壞底的血腥裏，靜靜地走基督似的，正有積極底，光明底的東西動彈着，是的確的，而在先前所認爲極端者之中，則有新的萌芽，正在抽發，所以先前所謂極端呀，空想底的呀，破壞底呀這些非難的話，也就不免於淺薄之誚了。凡是極端的事，空想底的事，是常有受眼睛只向着實際底的事情的人們的非難的傾向的，但如果因爲不是實際底，便該非難，則一切眞理，也就都應該非難。因爲眞理是不愛中庸，不愛妥協的。眞理出現的時候，是只在爲了表現自己的獨得的力量之際的。在俄國人，原有一向有着的見得極端，像是空想底的思想；這便是一千八百三十年頃盛行倡道的愛斯拉夫族的思想。所謂愛斯拉夫的思想，是什麽呢？這是一種的文明觀，以爲歐洲的文明，一是西歐文明，一是斯拉夫文明，西歐文明起於西羅馬，斯拉夫文明是起於東羅馬，康士但丁堡的。西歐文明的特徵，那眞生命，是在生活於現在的世界者，當用腕之力和劍之力，以宰制天下；要以腕之力和劍之力來宰制天下，則法律是必要的。

羅馬因爲想要宰制天下，所以法律就必要。羅馬的法典，便是西羅馬的代表底產物。而那基礎，則是理智。以這理智爲基礎的文明，是現實底，科學底，物質底文明，而十九世紀，便成了這些現實底，物質底，科學底文明的結果當然分裂爭鬬的時代。而挽救這個的，是俄羅斯文明。

爲什麼俄羅斯文明，能挽救這實際底，科學底，物質底的文明所致的分裂爭鬬的呢？就因爲斯拉夫文明是發源於東羅馬的，那根本生命是感情，不同西歐文明那樣的傾向分裂，而使一切得以融和，歸於一致。所以對於現實底，科學底，物質底的文明當然招來的分裂爭鬬，要加以挽救，便活動起來，一到西歐文明出了大破綻的時候，卽去施救了。那是頗爲大規模的。

這思想，好像很屬於空想，也很自大，俄羅斯人果眞能救歐洲麼，大家以爲很沒有把握。然而這在一千八百年代所想的事，雖然並非照樣，現在却正在著著辦着的。現在的俄國，且不問他是否全體的人們，都懷着這思想和意志，只是雖然從各國大受非難，大被排斥，大以爲奇怪，但到現在，各國却要從種種方面，用種種方法去接近他，這又並非俄國來俯就各國，乃是各國去接近俄羅斯了，只這件事，就不能不說是意義很深的現象。現在的俄國，大概是經驗了許多的失敗，施行了許多的破壞，也做着黑暗的事的罷。然而就如勃洛克的「十二個」裏面所說那樣，在這黑暗的血腥中，基督靜靜地在行走，如果這光明底創造底思想，已經從看去好像極端的空想底的處所出現，又如果眞要前進，總非經過這道路不可，那就可以說，在這失敗之前，是有光明底創造底的東西的。

這是，要而言之，並非在伊孛生和託爾斯泰的極端和空想之處，是有價值；價值之所在，是在卽使因此做了許多的破壞，招了許多的失敗，也全不管，爲尋求眞理計，就一往而直前。如果北歐文學是有價值的，並且要說那價值之所在，那麽，北歐文學的價值，並不在趨極端，而在作了極端的行動，引向眞理之處，是有價值的。就是，在不顧一切實際的困難之處，是有價值的。恐怕不獨俄國，世界人類，現在是都站在大的經驗之前了。在那里，也縱橫着破壞和失敗罷。而那破壞和失敗之大，許是祖先也未曾受過那樣的苦痛一般的大罷。然而我們所怕的，並不是苦痛，而在探求這眞理的心，可在我們的心燃燒着。

倘從人生全體來想，則失敗最多的，是青年時代。對於這失敗和破壞，我們是萬不可畏懼的。惟這青年時代，雖有許多失敗和破壞，而在尋求眞理這一點，却最爲熱心。又從別一方面想，什麽是最爲大學的價值呢？這並非因爲智識多，而在富於爲了眞理，便甘受無論怎樣的經驗苦痛的熱情和勇氣。有着熱情和勇氣的大學，是決不會滅亡的，而且作爲大學的價值，也足夠。而學於這燃燒着熱情和勇氣的大學的人們，是這國裏的青年，要成爲這國的中心的，是無須說得。我們的學歐洲文學，學俄國文學，並非爲了知道這些，增加些智識，必要的事是來思索，看歐洲北方的人，例如伊孛生和託爾斯泰等，對於眞理是怎樣地着想，我們是應該怎樣地進行。這樣想起來，北京大學的有着不屈服於一切的勇氣和熱情，不但足夠發揮着大學的價值，我還相信，改革中國的，也是北京大學了。於是今天就講些俄國的事，並且講了為尋求真理起見，是曾經有過鬧了這樣的失敗和這樣的破壞的人們。

——譯自「露西亞文學研究」。——

這是六年以前，片上先生赴俄國游學，路過北京，在北京大學所講的一場演講；當時譯者也曾往聽，但後來可有筆記在刊物上揭載，却記不清楚了。今年三月，作者逝世，有論文一本，作為遺著刊印出來，此篇即在內，也許還是作者自記的罷，便譯存於「壁下譯叢」中以留一種紀念。

演講中有時說得頗曲折晦澀，幾處是不相連貫的，這是因為那時不得不如此的緣故，仔細一看，意義自明。其中所舉的幾種作品，除「我們」一篇外，現在中國也都有譯本，很容易拿來參考了。今寫出如下——

「傀儡家庭」，潘家洵譯。在「易卜生集」卷一內。「世界叢書」之一。上海商務印書館發行。

「海上夫人」（文中改稱「海的女人」）楊熙初譯。「共學社叢書」之一。發行所同上。

「呆伊凡故事」耿濟之等譯。在「托爾斯泰短篇集」內。發行所同上。

「十二個」胡斅譯。「未名叢刊」之一。北京北新書局發行。

一九二八年十月九日，譯者附記。

階級藝術的問題

片上 伸

一

第四階級的藝術這事，常常有人說。無產階級的藝術將要新興，也應該興起的話，常常有人說。然而，所謂無產階級的藝術，是什麽呢？那發生創造，以什麽爲必要的條件呢？還有，這和現在乃至向來的藝術的關係，又是怎樣的呢？

第四階級的新興，已經是事實。他們已經到了要依據自己內發之力，而避忌那發生于自己以外的階級的指導底勢力，也是事實。第四階級之力，遲遲早早，總要創造自己內發的新文化，是已沒有置疑的餘地的了。在或種意義上，也可以說得，即使不待那出于別階級的人們的「指導」和「幫助」和「聲援」，大約也總得憑自己的力，來創造自己所必要的新生活，新文化。而這新文化，一定要產生新藝術，也是並無疑義的。以上，或是事實，或是根據事實的合理底豫望。

但是，無論由怎樣偏向的眼來看，第四階級自己內發之力所產生的新文化的事實，却還沒有。第四階級自己內發之力所產生的新藝術的事實，也還幾乎並沒有。所謂第四階級的藝術，在現今，幾乎全然不過是豫望。謂之幾乎者，就因爲總算還不是絕無的緣故。就是，無非是根據了過去現在的藝術上的事實，和決定將來的文化方向的階級鬭爭的事實，以豫望此後要來的藝術上的新面目。還不過僅僅依據着最近在俄國的第四階級所產的藝術的事實，以考占將來的新藝術的特兆。也就是，當此之際的豫望，是成立于根據了將要支配那將來的文化的階級鬭爭的意義，以批判過去現在的藝術上的事實之處的。

二

從古以來，所謂第四階級出身的藝術家，並非絕無。這些藝術家，以屬于自己這階級的生活爲題材的事，亦復不少。而那藝術的鑑賞者，在第四階級裏，也並非絕無。以題材而言，以作者而言，更以鑑賞者而言，屬于第四階級者，並不是至今和藝術毫無關係的。但是，在事實上，屬于第四階級者之爲作者，爲鑑賞者，則無不是例外。雖然可以作爲例外，成了作家，而鑑賞者，則幾乎完全屬于別階級。所以屬于第四階級者的生活，其被用作題材者，乃是用哀憐同情的眼光來看的結果，全不出人道主義底傾向的。第四階級的藝術之從新提倡，即志在否定這使那樣的例外，能够作爲例外而發生的生活全體的組織，打破這承認着人道主義底作風之發生的生活全體的組織。在藝術上，設起階級的區別來，用起標示階級底區別的名目來，雖然未必始于第四階級即無產階級的藝術，但「貴族底」呀「平民底」呀這一類話，却已經沒有了以重大的特殊的意義，來區別藝術的力量，能如現今的「無產階級」這一句話了。發生于王侯貴族的特權階級之間的藝術，發生于富人市民之間的藝術，其間自然也各有其階級底的區別的，但這些一切，是一括而看作和無產階級的藝術相對的特殊的有閑有產階級的藝術。發生于特殊的有閑有產階級之間的藝術，是自然地生長發達起來，經過了在那特殊的發生條件的範圍內，得以嘗試的幾乎一切的藝術的樣式和傾向的。無論是古典主義，是羅曼主義，是寫實主義乃至自然主義，或是象徵主義，凡各種藝術上的樣式和傾向，總而言之，在以特殊有閑有產階級的儼存，發揮着勢力的事，作為發生條件這一點上，則無不同。從這一點着眼，則無產階級的藝術者，豫想起來，是將這發生條件否定，打破，而產生于全然別種的自由的環境之內的。至少，也可以豫想，當否定一切向來使舊藝術能够發生的社會底事情乃至條件，而產生于反抗這些的處所。無產階級的藝術是否先以反抗底，破壞底，呪詛底的形式內容出生，作為最初的表現的樣式傾向，驟然也難于斷言。但無產階級的藝術將有其自己的樣式傾向，將產生自己的可以稱為古典主義的東西，于是又生出自己的可以稱為羅曼主義，或是寫實主義乃至自然主義的東西來，却也並非一定不許豫想的事。也許這些東西，用了完全兩樣的名目來稱呼罷。但可以豫想，只要在用了那些名目稱呼下來的種種藝術上的樣式傾向的精神裏，有着生命，則對于藝術發生的條件所給與的自由，將在無產階級藝術的世界上，使這些的生命當眞徹底，或是甦生的罷。無產階級的藝術，在那究竟的意義上，不會僅止于單是表現階級底反感和爭鬬的意志的。要使在僅爲特殊的階級所有，惟特殊的階級，纔能創作和鑑賞藝術那樣的社會情狀之下，發生出來的不自由的藝術，復活于能爲一切人們之所有的社會裏，就是爲了對于創作和鑑賞，給他恢復眞自由，全人類的自由，在這一種意思上，說起究竟的意義來，則拘泥于僅爲一階級的限制的必要，是不必有的。

三

好的藝術，無關于階級的區別，而自有其價值之說，是不錯的。然而上文所說無產階級的藝術，那究竟的意義，是並無拘泥于僅爲一階級的限制的必要的話，却未必可作在凡有好的藝術之前，階級的區別無妨于鑑賞這一種議論的保證。發生于特殊有閑有產階級之間的藝術，而尚顯其好者，是靠着雖在作爲眞的自由的藝術的成立條件，是不自由不合理的條件之下，還能表現其誠實之力的雄大的天才之光的。然而這事實，也並非藝術只要聽憑那發生和成立的社會條件，悉照向來的不自由不合理，置之不顧便好的意思。屬于無產階級的人們，到社會組織一變，能夠合理底地以營物質上的生活的時代一來，于是種種不合理和矛盾，不復迫脅生活的時代一來，大約就也能夠廣泛地從過去的藝術中，去探求雄大的天才之光了。從少數所獨占了的東西中，會給自己發見貴重的東西的罷。將要知道人們雖然怎樣地慣于不合理的生活，習以爲常的坦然活下來的，雖然這事已經有了怎樣久，其心却並不黑暗，也不是全無感覺的罷。將要看出那雖不自然不合理之中，也還有靈魂的光，而對于過去的天才之心，發生慕憫，哀憐，並且覺得可貴的罷。這大概正和有產階級的藝術家，從現在的浮沈于不自然不合理的生活中的無產階級那里，看出了雖在黑暗中，人類的靈魂之光並未消滅，而對于那被虐的心，加以悲憫，哀憐，貴重，是相像的。這樣的時代的到來，也並非不能豫想的事。至少，這豫想的事，也不能說是不合理的。然而無產階級的藝術，既在徹底底地將藝術的發生成立的條件，置之自由的合理底的社會裏，則在無產階級，有產階級藝術的發生成立的條件不待言，便是那內容和形式，也不免爲不自由的東西，就是不能呼應眞的心之要求的東西了。無產階級，對于不能呼應自己的心之要求的藝術，是加以否定，加以排斥的。于是豫想着這否定和排斥，聲明自己的立場，自行告白是有產階級的藝術，說是無可如何而固守着先天的境遇，以對不起誰似的心情，自說只能作寫給有產階級看的藝術，也確乎是應時的一種態度，一種覺悟罷（有島武郎氏「宣言一篇」，「改造」一月號）。這所謂宣言（我不歡喜這題目的像煞有介事），固然不能說是不正直；出于頗緊張誠懇的心情，也可以窺見。但不知從什麽所在，也發出一種很是深心妙算之感來。有島氏是屬于有產者一階級的人，原是由來久矣。他的作品，是愬于有產階級的趣味好尚一類的東西，大概也是世間略已認知的事實罷。然而這樣說起來，則現在的藝術的創作者，嚴密地加以觀察而不屬于有產階級的人，又有幾個呢。非于有產階級所支配的社會裏，擁有鑑賞者，而在其社會情狀之下，成立自己的藝術的人，是絕無的。以這一點而論，也並非只有有島氏是有產階級，也並非只有他的作品，是僅有愬于有產階級的力量。然而這樣的人們的衆多，使有島氏安心，對于自己的立場，又不能不感到一種疑慮，是明明白白的。既然並非只有有島氏是有產者，而要來趕快表明自己的立場者，在這里可以看見或種的正直，誠懇，一種自衛上的神經質，而同時也顯示着思路，尤其是生活法的理智底的特質傾向。以議論而論，是並非沒有條理的。成着前提對，則結論也不會不對的樣子。自己之爲有產者，恰如黑人的皮膚之黑一樣，總沒有改變的方法。所以自己的藝術，僅愬于有產者。和無產階級的生活，是全然沒交涉的。兩者之間，有截然的區別，其發生一些交涉者，要而言之，不過是私生兒。所以第四階級的事，還是一切不管好。凡來參與，自以爲可以有一點貢獻的，是僭妄的舉動。——氏的思想的要點就如此。

確是很清楚。簡單明瞭的。這樣一設想，則一切很分明，自己的立場也清楚，有了邊際，似乎見得此後並不剩下什麼問題了。就如用了有些興奮的調子，該說的話，是都已經說過了而去的樣子。

但是，僅是如此，豈眞將問題收拾乾淨了麼？至少，有島氏心中的他自己所說的「實情」，豈眞僅是這樣，便已不留未能罄盡的什麼東西了麼？

四

有島氏說，是由有產和無產這兩階級的對立，豫想到在藝術上，也有這兩者的對立，于是從「思想底的立場」而論的。他說，在事實上，雖然兩者之間，有幾多的複雜的迂迴曲折，有若干的交涉，但在思想底地，則這兩者是可以看作相對抗的。確是如此。然而他未曾分明否定有產階級的藝術，而對于無產階級的藝術，也並不他之所謂思想底地，要說得平易，就是作為要求實現那究竟理想的具體底的形態和方向，有所力說和主張；他似乎是承認第四階級的藝術必將興起，也有可以興起的理由的，但又明說着和自己沒交涉，無論從那一面，都不能出手的意思的話。就是一面承認了就要興起的新的力，却又分明表白，自己和這新的力，是要到處廻避着交涉，而自信這廻避之舉，倒是自己的道德，除了生活在向來的，即明知爲將被否定，將被破壞的世界上以外，再沒有別的法，並且這就可以了。

而作爲理由的，則是說，因爲「相信那（新）文化的出現，而發見了自己所過的生活，和將要發生那文化的生活並不一樣的人」，是不應該「輕舉妄動，不守自己的本分，而來多事」的。（「東京朝日新聞」所載「答廣津氏」。）

眞是這樣的麼？豈眞如他之所說，「發見了自己所過的生活，和將要發生新文化的生活並不一樣的人」，就始終「應該明白自己的思想底立場，以僅守這立場爲滿足」的麼？從有島氏看來，彷彿俄國革命的現狀，那紛亂和不幸，就都是爲了智識階級的多事的運動，即「誤而輕舉妄動，不守自己的本分，而來多事」，于是便得到

「以無用的插嘴，來溷濁應是純粹的思想的世界，在或一些意義上，也阻礙了實際上的事情的進步的結果」似的。關于俄國智識階級在革命運動上的功過，可有種種的批評，然而那樣的片面底的看法，却不能成立。在他的看法上，是頗有俄國反動保守派的口吻的。我原也並非看不見俄國智識階級的許多失敗和錯誤，但也不能以爲旣非農民，也非勞動者的智識分子的工作，是全然無益有害。試將這作爲事實的問題，人眞能如有島氏所言，當打開新生活的興起之際，却規規矩矩，恪守自己的本分麼？能冷靜到這樣，只使活動自己防衛的神經麼？能感着「危險」，而抑塞一切的動搖，要求，主張，興奮，至于如此麼？卽使是怎樣「浸透了有產階級的生活的人」，只要還沒有因此連心髓都已硬化，還沒有只用了狐狸似的狡獪的本能，而急于自救，那里能够連自己的心的興奮，也使虔守于一定的分內呢？雖然人們各異其氣質，但這地方的有島氏的想法，是太過于論理底，理智底，有未將這些考察，在自己的感情的深處，加以溫熱之憾的。假使沒有參與新生活的力量，將退而篤守舊生活罷，只要並不否定新生活，則在這里，至少，對于自己的心情的矛盾，不該有不能平靜的心緒會發動起來麼？我並不是一定說，智識階級應以新文化建設的指導者自任。然而不以指導者自任，豈就歸結在和那新文化建設是沒交涉，無興味，完全不該出手，這于人我都有危險這一點呢？至少，在這里就不能有一些不安和心的惆悵麼？從一面說，也可以說有島氏是毫不游移的；但從另一面說起來，却也能說他巧于設立理由，而在那理由中自守。正如他自己說過那樣，他的話，是無所謂傲慢和謙遜的罷。獨有據理以收拾自己的心情之處，是無非使他的說話膚淺，平庸，乾燥，似乎有理，而失了令人眞是從心容納之力的。

有島氏將思想的特色說給廣津氏，以爲特色之一，是飛躍底；社會主義的思想也在迫害之中宣傳，在尚早之時豫說，這思想，是既非無益，也非徒勞，「爲什麼呢？因爲純粹的人的心的趨向，倘連這一點也沒有，則社會政策和溫情主義，就都不會發生于人們的心中的。」（「東京朝日新聞」所載「答廣津氏」。）從這意見看起來，則社會主義思想的先覺們所說的事，他似乎也並不以爲無益或有害。而一切社會主義思想家，並不全出于無產階級，大概也應該早已知道的罷。但竟還要說，他們應該不向和自己沒交涉的與于他日的無產階級去插嘴，退而謹愼自甘于有產階級的分內麼？還是以爲這是有使有產階級覺悟自己後日的滅亡的效果的呢？如果在于後者，則豈不覺得較之謹守自己的立場，倒是雖然間接底地，還是那努力之不爲無益呢？對于「改悔的貴族」，那發見了自己的立場，是有產階級的立場之不自然不合理，雖然不能全然改換其生成的身分和教養，然而對于那不自然不合理，尙且竭力加以排除，否定，並且竭力來主張這否定，以這精神過活，以這精神爲後起無產階級盡力的人們，從有島氏看來，以爲何如呢？莫非他們倒應該不冒人我兩皆無益有害的多事的危險，而謹愼地滿足于自己生成的立場麼？他的論法，是無論如何，非使他這樣地說不可的。並不爲了自己目前的安全，保自己的現在，而用了那麼明白簡單的推理，以固守自己向來的立場的他們，在有島氏的眼睛裏，是見得不過是愚蠢可憐的東西而已麼？

我並非向有島氏說，要他化身爲無產階級，也非勸其努力，來做于他是本質底地不可能的無產階級的藝術。只是對于他的明知自己是有產者，却滿足而自甘于此之處，頗以爲奇。他的藝術，至少，是應該和那「宣言」一同，移向承認無產階級之勃興，而自覺爲有產者的不安和寂寞和苦惱的表現的。我以爲應該未必能只說是「因爲沒有法，我這樣就好」而遂「甘心」「滿足」。只據他所已寫的話，是只能知道他此後的態度，也將只以有產階級爲對手的，然而如果那意思，是有島氏一般的有產者的寂寞和苦惱的訴說，則他的藝術，將較先前的更有生氣，更加切實。究竟是否如他自己所說，和無產階級是全然沒交涉呢，卽使姑作別論，而在現代的有島氏的藝術的存在，是當在和他自己明說是不能漠不關心的時代的關係上，這纔成爲切實的東西的。

五

然而，在有島氏的文章裏面，則足以肯定這豫想推測的情緒和口吻，似乎都看不見。

關于無產階級的藝術或是所謂階級藝術，在大約去今十年以前的俄國文壇上，也曾議論過。那時的議論，是和智識階級的思想傾向任務之論相關聯，而行于勞動者出身的凱理寧，猶錫開徽支（和小說家的猶錫開徽支是別一人）等人之間的。這當時之所論，大概倒在以無產階級爲題材的藝術的問題，但也說及這稱爲無產階級藝術者之中，多是傾向底，且較富于煽動底時事評論底的內容的事。無產階級的自覺，那鬬爭意識愈明確，那思想愈是科學底，則愈使以或種意義和這鬬爭相接觸的人們，歸入爭鬬的一路或那一路。這態度的明確，爲鬬爭，爲論爭，爲煽動，是必要的，是加添力量的，但爲藝術的創造，却是不利。然而，階級鬬爭者，是現在無產階級的意識的中心，所以在無產階級的藝術中，這鬬爭的意識，便自然不得不表現。但藝術的創造，從那心理的本質上，從那構成上，是都以全人類的把握爲必要條件的。在或一時代，藝術也自然會帶些階級底的色彩的罷。但這是從藝術家將含有階級底色彩的東西，作爲全人類底，而加以把握的幻象所生的結果。無論何時何地，在藝術的創造上，這全人類底幻象，是必要的。而無產階級，則藉了對于舊來的社會思想的那嚴肅的合理底的分剖解析之力，將這全人類底幻象，加以破壞。于是從無產階級的科學底理智底的鬬爭意識，要在藝術上來把握新的全人類底幻象，便非常困難了。以上所說那樣的意思的話，是猶錫開微支的論中的一節，但要而言之，却不妨說，從這些議論裏，關于無產階級藝術的本質，也幾乎得不到什麼確切的理解。除了說是倘不到無產階級的爭鬬意識已經緩和之後，倘不到從論戰底的氣度長成爲更自由的氣度之後，也就是倘不到從理知底科學底的鬬爭意識，在情緒的靈魂的世界裏，發見新的生活的安定之後，則無產階級的藝術，未必會眞正產生的那些話之外，凡所論議，幾乎全是說以無產階級爲題材之困難。而那時，那藝術的作者，好像未必定是無產階級自己。這些處所，那時的議論是尙屬模胡的。

六

將這事就俄國的文學來看，大約在十九世紀的末期，俄國文學所取之路凡二。其一，是攝取人生的種種方面，昔人所未曾觀察未曾描寫的方面，多角底地作爲題材。又其一，是新的形式的創造。作爲題材的人生的方面，是卽使這已曾有人運用了，也仍取以使之活現於更其全部底情緒之上，再現爲更其特殊的綜合底之形。從十九世紀末到二十世紀革命以前的文學，是大概沿着這兩條路下來的。描寫了人生的極底，描寫了自由的放浪者的生活，描寫了在除去文明的欺騙而近於天然的生活之間，大膽地得意地過活的人們的姿態的戈理基的羅曼主義；從反抗那專心於安分守己的俄國的平庸主義的精神，而在自傳底作品裏，歌唱了那革命底氣魄的戈理基的寫實主義；將軍隊的生活，或則黑海的漁夫的生活，或是馬戲戲子的生活，都明確精細地描寫了的庫普林的色彩豐饒的寫實主義；以眞實的明亮的而富於情趣的眼睛，將垂亡的貴族階級的運命的可笑和可憐，用蘊蓄着腴潤和優婉之筆，加以描寫的亞歷舍•託爾斯泰（Alexei Tolstoi）的寫實主義；運用了性和死的問題的阿爾志跋綏夫；惡之詩人梭羅古勃；歌唱了靈魂的祕密，那黑暗的角角落落的安特來夫：這些人，無論那一個，就都是想在探求人生的道上，捉住一個新方面，新視角的。

想在藝術上，創造新形式的運動之中，描寫了照字面一樣的人生之縮圖的契訶夫，確可以看作那先驅者。纖細，簡淨，集注底的筆致，其中還有細心的精選，有精力的極度的經濟。這便是，成爲象徵底，使描寫的努力極少，而表現的結果却極多。在那作品上，與其看見事實的變化和內面生活的複雜和深奧，倒在從一刹那的光景裏，看見寶玉一般的人生的詩。以綜合底，全部底之味，托出細部的難以捕捉的之味來。置重於氣度，置重於鍊詞。發生了不能翻譯的音樂，內面律。這傾向，便成了想將一切的題材，就從其一切的特徵來表現。於是便致力於個性底特殊的表現了，追技巧之新，求表現之獨創。未來派也站在這傾向上的，對於一切舊物的憎惡，是這技巧派的特色。造出了一些將舊來的語根結合起來的新語。一定要將這貶斥爲奇矯而不可解，是不能的。

表現的技巧的緊縮洗煉，被集注於最根本底的心情，卽綜合底的心情的表現。譪罕瓦爾特（Eichenwald）所謂創作由作者和讀者的協力而生效果之說，在這技巧派是最爲眞確的。普遍底綜合底的根本底的表現，卽不必以外面的差別底細敍爲必要。所表現的是人生之型，非偶然底一時底而是永遠的東西，全部底的東西。如安特來夫的戲劇便是這。

這技巧和形式的洗煉，壓倒了內容，於是又想克服牠，而沉湎於奇幻的，纖細的，難以捕捉的心情裏；和這相對，探求着和人生的新事實相呼應的魂的眞髓者，是世界大戰前後的俄羅斯文學界的實狀。在俄國，是文學上的轉機和社會生活的轉機，略相先後，出現了那氣運的萌芽的。對於過去的人生的綜合，從新加以分析批判的要求；在過去的生活中，隨處顯現的腐敗，自棄，姑息的滿足，滅亡的悲哀，反抗和破壞的呻吟，一時都曝露於天日之下，將這些加以掃蕩的狂風，卽內底和外底的革命，便幾乎一時俱到了。舊來的文化的破壞，許多的生命的蹂躪，智力生活的世界底放浪：俄國革命的結果，先是表現於這樣的方面。

七

革命以後，成了無產階級的世界的俄國的藝術方面的生活，說是現今還在混沌而不安不定的狀態裏，大約也是事實罷。俄國的現狀，對於藝術方面的繁榮，不能是好景況，那自然是一定的。而且在出版事業極其困難的現在的俄國，從千九百十八年到千九百二十年之間，出版的純文藝方面的書籍（幷含詩歌，小說，戲劇，兒童文學，文藝批評，文藝史，藝術論等；也含古典及既刊書的重印在內），是三百六十五種，其中純文學上的作品計三百三種，那大半是詩集。而詩的作者之中，則有許多新的勞動者，單是已經知名的人，就有三十八內外（據耶勗兼珂教授所主宰的雜誌"Russkaia Kniga"及美國的"Soviet Russia"雜誌的記事）。但並非凡有作詩的人們，全都發表了那作品的，從這事情推想起來，可知新出於現在的俄國的無產階級詩人，實在頗爲不少。這些詩人互相結合，已經成立了墨斯科詩人同盟，且又成立了全俄詩人同盟。也印行着四五種機關雜誌。因爲這些詩人之作，是幾乎不出俄羅斯國外的，所以我的所知，也不過靠着俄國人在柏林，巴黎，蘇斐亞各地所辦的雜誌報章的斷片底的轉載的材料。但那詩的一切，幾乎全不是破壞底，復讎底，階級憎惡底之作，而是日常的勞動的讚美，勞動者的文化底意義的浩歌，熱愛那充滿着神奇之光和科學底奇蹟的都會生活和工場之心的表現。都會者，是偉大的橋梁，由此渡向人類的勝利和解放；是巨大的火床，由此鑄造幸福的新的生活。新時代的曙光，從都會來。工場現在也非掠奪搾取之所了，這里有勞動的韻律，有巨大的機器的生命的音樂。勞役是新生。這里有催向生活和日光和奮鬥努力的强有力的號召。有自己的鐵腕的誇耀，有催向集合協力的信賴——是用這樣的心情歌唱着的。就中，該拉希摩夫，波萊泰耶夫等人的詩，即可以視爲代表底之作。

由這些無產階級詩人的詩，所見的藝術上的特色，分明是客觀底，是現實底，而且明確。由空想底的纖細而過敏的神經和官能之所產的一種難以捕捉的心情的表現，和這相連的技巧的洗煉彫琢，這些傾向，全都看不見了。和這傾向的末流相連帶的複雜，模胡，病底頹唐底神祕底的一切東西，在這里都不能看見。來替代這些的，是簡素，明晰，以及健康充實之感。較之形式，更重內容。從俄國文學發達上看來，這事實，分明是對於從十九世紀末到二十世紀的主觀底病底神祕底象徵主義的傾向的反動。即囘向寫實主義精神的歸還。病底的纖細過敏的技巧，要離開了具體底的事象，來表現一般普遍底抽象底的東西的本質，這則作爲對牠的反抗，是客觀底的，確切的現實生活的價值的創造。這也可以說，是向着一向視爲俄國文學的傳統的那「俄羅斯寫實主義」的創始者普式庚的復歸。其實，革命前的俄國的詩，是因了極端的個性別意識，差別意識，而自我中心底的不可解的傾向，頗爲顯著的。以明晰爲特色的無產階級的詩，對於這個，則可以說，是集合底，協力底，建築底。還有，極端的個性別傾向，是因爲限住自己，躭悅孤獨，而陷於無力的女性底的神經過敏了，對於這個，則也可以說，無產階級的新詩，是男性底，健鬥的，開放底。凡這些，雖然許多無產階級新詩人的作品還是幼稚未熟，但其為顯著的共通的特色，却可以分明看見的。

作為無產階級藝術的現今俄國新詩人之作，在此刻，恐怕是世界上的唯一的東西罷。這些無產階級的文學者，聽說也別有小說，戲劇的作品的，但都未曾傳播。他們是否能成將來的俄國文學的確固的基礎，是否能算作代表無產階級藝術的東西，凡這些事，現在都無從斷定。但是，至少，這些純然的無產階級藝術，並非單從革命和無產階級的秉政，偶然突發地發生起來的東西，則只要看上文所敘的事，便該會自然分明了。就是，從這新藝術的特色，是頗為大膽地，明快地，將革命以前的俄國文學的傾向，加以否定，排斥，破壞的事看來，也就可以知道。而這新詩的特色，還在先前的詩人們，例如伊凡諾夫（Uiatchslav Ivanov），瑪亞珂夫斯奇（V. V. Maiakovski）以及別人之上，給了顯明的影響云（據最近還在墨斯科的詩人兼評論家愛倫堡的"Russkaia Kniga"第九號上的論文）。以上的事實，所明示的，豈非即是無產階級的藝術，其發生成立的條件，是見之於社會階級的鬥爭的結果中；而同時，那作爲藝術的特色之被創造，也仍然到底是藝術這東西的自然而且當然的變遷發達的結果麼？

八

無產階級的世界，雖在俄國，自然也還只是本身獨一的棲托罷。所以無產階級的藝術，在十分的意義上，還未具備那創造和鑑賞的條件，也明明白白。由外面底的社會情況看起來，在這樣的時期所創造的無產階級的新藝術，先從形式最簡單，印釘也便當，在創造和鑑賞上，也比較底並不要求許多條件的詩歌，發其第一的先聲，正是極其自然的事。更從心理底方面來想，則也因爲現在的俄國的無產階級，對於自己的新生活的意義以至價値的獲得，感到了切實的喜悅和感激罷。這新生活的感激，先成爲抒情的詩，成爲高唱新生活的凱歌而被表現，也正是極其自然的事。這里有什麽階級底憎惡呢？這里有什麼迎合時代呢？一切都是純眞的魂的歡喜，新生的最初的叫喊。詩者，無論何時，實在總是人類的眞的言語。是言語之中的言語。從還是混沌而彷徨暗中似的俄國民衆的心的底裏，微微響動者，誰能硬說不是這些新詩歌呢？而這新詩歌，除階級鬥爭意識之險以外，是全然詠歎獨自的新心境，順着俄國文學自然的成長之迹的，是孕育着自由的風格的，凡這事實，不能一定說惟在俄國纔偶然會有。這事實，較之漫然敍述無產階級的藝術，不更含有許多實際底的嚴肅的暗示麼？無產階級的藝術，確是破壞向來的藝術的。但那破壞的成功，至少，必在新的自由而淳朴的創造的萌芽的情形上。藝術者，始終是創造。無創造，即不得有藝術的更新。無創造，即不能有舊藝術的破壞。

日本的無產階級所產生的藝術，是怎樣的東西呢，現在不知道。但是，豫料爲至少必有對於這新藝術以前的藝術的反抗，從此的甦生之類的意思，自然地當然地在那藝術本身的本質內容和形式上出現，是不會錯的。在這里，且不問無產階級的支配的時期之如何，不問無產階級文化發生成立的早晚之如何，而問題轉向日本現在的藝術的內容形式的文藝史底批判去。

關於日本現在的藝術，尤其是文學的事實，兩年以來，時或試加批評了。雖不至如在俄國文學那樣，但在或種意義上，也還是技巧第一。將料是小資產階級心情之所要求的，使他發生的，引其感與的那樣程度的，智巧底的淺薄的內容，雖是怎樣淺薄的內容，而用這技巧的精練，却令人愛讀到這樣，說作家以此自豪着，幾乎也可以了。這樣的技巧第一的傾向，使不能再動的現今的文學的氣運，沈重地，鈍鈍地，然而溫柔地，停滯爛熟着。這黯澹的天空，很不容易晴朗。大抵的人，都被捲去了。再說一回罷，無論那里，在那氣度上，都是小資產階級底的。在這風氣之中，忽而出現了無產階級的支配，忽而發生了無產階級的藝術，是不能想像的事。至少，日本的藝術，在無產階級藝術的產生之前，還是使這小資產階級心情更加跋扈跳梁起來罷，否則，就須在否定自己的有產階級生活的心情所生的矛盾中，去經驗許多的內爭和苦悶和糾葛。

「天雷一發聲，農人畫十字。」

這是俄國的有名的諺語。雷還沒有響。然而總有一時要響的。一定要響的。我們之前，從此要發生許多內外的糾葛的罷。無產階級藝術的主張，也無非便是那雷鳴的豫感罷了。

（一九二二年二月作。）

—譯自「文學評論」。—

否定的文學

片上伸

一

否定是力。

委實，較之溫暾的肯定，否定是遠有着深而強的力。

否定之力的發現，是生命正在動彈的證據。否定眞會生發那緊要的東西，否定眞會養成那緊要的東西。

由否定而表見自己。由否定而心泉流動。由否定而自己看出活路。

至少，從俄國文學看起來，這事是眞實的。俄國文學，是發源於否定的。俄國文學，是從否定中產生的。十八世紀以後，俄國文學成立以後的事實，是這樣的。

俄國的現實——那現實的見解，尚是種種不同。認爲現實的內容以及對於這些的解釋，也還因時，因人，而種種不同。然而，要之，以俄國的現實爲對象，將加以肯定呢，抑加以否定呢，這事，却總是重要的問題。即使生平好像於這樣的問題並不措意，但心的動搖愈深，則從那動搖的底裏，現出來的，雖然其形不同，而總是這問題。要舉出誰都知道的例來，那麽，託爾斯泰也是，都介涅夫，陀思妥夫斯基更其是。在近時，則戈理基，勃洛克，梭羅古勃，白萊（Andrey Bely）都是，其他更不勝列舉其名姓之煩。

在俄國，是向東呢抑向西的問題；向科學呢抑向宗敎的問題；向魔呢抑向神的問題。而這，是將俄國的現實，怎樣否定的問題；也就是將這怎樣肯定的問題。而在這問題的批評之前，則總要擡出彼得大帝來。便是彼得大帝該當否定，還是肯定的問題，也常常被研究。

二

君主作爲領導，作爲中樞，從國家底的見地，要性急地，大膽地，並且透闢地決計來改革一國的文明文化。凡能辨別，略知批判，明是非者，都應該將那批判辨別之力，悉向以國家底見地爲根柢的改革去。因爲在當時，除此以外，是沒有可加以批判辨別之力的對象的。總之，社會上却從此發生了批評；發生了可以稱爲輿論的萌芽。一切的批判，是時事評論，以國家底見地的改革爲主題的時事評論。

這是彼得大帝時代的俄國。——但在這時代的時事評論中，看不見力的對立。至少，就表面看起來，力的對立，是不見於那評論之上的。也有不平，也有誤解，也有咒詛，也有怨言，——但一方面，是站着作爲主導力的君主，而且又是非凡的決行者，精悍的，聰明的，驀進底的決行者。站出來和這對抗的，便是死。於是現於表面的時事評論，就不消說，是以這主導力爲中心，而對於那改革的意義，加以說明，辯護。時代的聰明的智力，那時代的最高的智力，恐怕即以說明辯護那改革的意義，認爲自己的本分的罷。不認改革的意義者，較之算作衝犯主導力的君主，大概倒是要算作反抗文明的自然之勢，換了話說，是正當的力。不這樣想，是對於那時代的最善最高的智力的侮辱。

總之，評論的對象，是國家。時代的最善最高的智力之所表明，是「君主的意志的是認」；是文明改革的辯護。在這里，是沒有可以投進個人的心的影子去的餘地的。大家應該一致，以改革爲是。是對於時代的勢力的順從。

彼得大帝以後，文學是專爲了文明和留心於此的君主的讚頌。並無眞的社會底根據的當時的文學，自然只能爲宮廷而作了。竭力的，分明的，毫不自愧的阿諛，在德萊迪珂夫斯基獻給女皇安那的，豫言了和日本通商的詩裏就可見。但這些阿諛的作品，並不怎樣爲宮廷的貴人們所顧及，却也是實情。因爲文學或文學家，從那時的貴人們，是不過得到視以輕侮和戲笑的眼的。

三

從「君主的意志的是認」，經過了許多不被顧及的宮廷底阿諛的詞華，到加德林那二世時代，而俄國文學這纔看見個人的心的濃的投影，對於俄國的現實，加以否定的表白，是現出來了。拉第錫且夫在那「從彼得堡到墨斯科的旅行」（千七百九十年）中，說是「凡農民們，從地主們期待那自由，是不行的，倒應該只從最苛酷的奴隸狀態之間期待」者，卽無非惟從强的否定之間，生出眞的肯定來的意思。加德林那二世一讀這書，以爲拉第錫且夫「在農民的叛亂上，放着未來的希望」，是未嘗眞懂了這書的眞意的。但是，屬望於地主的善意和好意的幻影的消滅，使拉第錫且夫的心的影更濃，更深了。這一篇，倒是拉第錫且夫的詩。是從憤慨，嗟歎，傷心，自責的心的角角落落裏，自然流溢出來的一篇詩。自說「因爲我們是主人，所以我們是奴隸。因爲我們拘束着我們的同胞，所以我們自己是農奴」的後來的赫爾岑之心，在拉第錫且夫的言語中，就已經隨處可以發見。從外部的觀察一轉而「看我的內部，則悟出了人類的不幸，也仍然由人類發生的」拉第錫且夫的這話裏，是有着難抑的熱意，鮮明的感情的色彩的。這是詩。

拉第錫且夫的否定的詩，開拓了俄國文學的路。至少，在以力抗農奴制度爲中心的懷疑底的，批評底的，譏刺底的心情中——對於實現的否定中，俄國文學這纔能夠眞發見了應走的路的出發點了。

俄國是從最初以來，就有着當死的運命的；有着自行破壞的運命的。仗着自行破壞，自行處死，而這纔至於自行甦生，自行建造的事，是俄國的命運。俄國的生活的全歷程，是不得不以自己的破壞，自己的否定爲出發點了的。到了能夠否定自己之後，俄國纔入於活出自己的路。由否定的肯定，由死的生，這路上，正直地，大膽地，透闢地，而且驀地前進而來的，是俄國。稱爲莫明所赴的託羅卡（三匹馬拉的雪橇）者，要之，卽不外是爲了求生，而急於趨死的俄國的模樣。

否定的路，本來是艱險的。有着當死的運命的俄國，爲了死，不知經歷了多少少的苦惱，那自然不待言。但因此而否定之力更强，更深了。因了苦惱，而對於自己的要求更高了。俄國的文學，是這否定之力和矜持之心的表白；是爲了求生，而將趨死者的巡歷地獄的記錄。在那色調上，自然添上一種峻嚴苦澀之痕，原是不得已的事。雖在出自陰慘幽暗的深谷，走向無邊際的曠野的時候，也在廣遠的歡喜中，北方的白日下，看見無影的小鬼的跳躍，聽到風靡的萬千草莽的無聲的呻吟。這就無非爲了求生，而死而又趨死，死而又趨死的無抵抗的抵抗的模樣。俄國的求生之力，就有這樣地深，這樣地壯，這樣地豐饒。

四

在俄國文學中的懷疑的胚胎，恐怕是應當上溯拉第錫且夫以前，或者望維辛以前的罷。如比賓，即在那「文學觀的品隲」中論及，以爲深邃的懷疑和否定的力，大約是作爲潛伏的力量，鬱屈着，早經存在的。在望維辛和拉第錫且夫之前，如諷刺劇詩人坎台彌耳，也可以說是表現了時代的懷疑底傾向。但在好以受者的含忍，作爲斯拉夫民族的最高的美德的人們，却將這些早的懷疑底否定底傾向，只看作自外而至的東西。然而最好是去想一想，十七世紀時以俄羅斯敎會爲中心的希臘派和羅馬派之爭，敎會的分離，究竟是表明着什麽的呢？敎會的分離，異端的發生，一貫着這些事象的精神，豈非就是深邃的懷疑底否定底精神麽？這精神，也便是在文學上的現實否定的思想。這便成爲拉第錫且夫的「從彼得堡到墨斯科的旅行」，望維辛的喜劇，格里波亞陀夫的「聰明的悲哀」，來爾孟多夫，普式庚，乃至果戈理以及別的作品了。懷疑和否定的力，在俄國的文學上，怎樣地成爲重大的力量而顯現着，是只要逐漸講去，大概便會分明的。

懷疑和否定，要而言之，就是個人和社會的分離的意思；也是個人和國家的分裂的意思。和現實相妥協之不可能，將現實來是認之不可能，這在本來的意義上，是生活的一種變態。苦惱即從這里發生。俄國的文學，曾經描寫了沈淪於這苦惱中的許多的人物。脫了現實生活的常軌的「零餘者」，爲要根本底地除去這分裂，更加苦惱了。由對於周圍的現實的輕侮和嫌惡之苦，而從中常可見絕望自棄的顏色。尤其是，俄國的懷疑，是在根據科學，例如從國家底見地，來考察農奴的問題之類以前，在那根柢上，就有比這些考察更深的，直接端的的感情的，在懷疑和否定的底裏，躍動着良心的憤激和感情的悲傷，作爲中心的力。但從加德林那二世的時代起，到亞歷山大二世的卽位時止，殆將百年之間，在俄國，却未行足以聊慰這傷心和憤激的改革。在百年之間，生活，是成長了。作爲國家的公然的俄國，是成長了。思想，也成長了。然而生活的形式如舊。和官僚政府的發達一同，農奴制度也被保持得更堅固了。於是思想便一切成爲反抗。而這又不能不成爲苦惱和嗟歎的聲音。嗟歎之聲，是不僅洋溢於伏爾迦大川之上的。俄國的文學，便是這嗟歎的歌，這憤怒的詩。

五

果戈理曾經取了自作的「死靈魂」的一節，讀給普式庚聽。每當聽着果戈理的朗誦，普式庚是向來大抵笑起來的，但惟獨這一回，當傾聽中，却漸漸肅靜，終於成了不勝其愀然那樣的黯澹之色了。果戈理一讀完，普式庚便以非常淒涼的調子，說道，

「唉唉，我們的俄羅斯，是多麼憂鬱呵！」

憂鬱的俄羅斯！從這憂鬱之間，難於一致的矛盾之間，在俄國的否定的精神便產生了。諷刺的文學產生了。自十八世紀末到十九世紀的諷刺的文學，是於笑中求解放的。凡可笑者，不足懼。至少，在可笑者之前，並無慴伏的必要了。凡笑者，立于那成爲笑的對象的可笑者之上，凡可笑者，便見得渺小，無聊。一被果戈理所描寫，地主也失其怖人之力；一被果戈理所描寫，而官僚也將其愚昧曝露了。笑，使農奴制度和官僚政治的幻影消滅了。笑，是破壞；笑，是否定的力。

果戈理示人以種種俄國的現實的空虛。苦惱着而生活於這空虛中，那眞是淒慘的怕人的事。果戈理是向這笑裏，引進了淒慘去的第一人。將笑，將諷刺，做成了悲劇底的，是果戈理。

這是赫爾岑之所謂「異樣的笑」。是「淒慘的笑」。是「毛骨悚然的笑」。在這笑裏，有自責自愧之感和自嚙其良心之苦。不是因爲「太可笑了而擠出眼淚來」的，乃是「哭着哭着，終於笑了」的哭笑。

或者又有那爲了國家的偉業和英雄的功業，而被踏爛於其臺石之下的，孱弱的渺小的平凡人的一生。或者又有那要脫現實的羈絆，如天馬之行空而自亡其身的傲者。對於這些人，普式庚和來爾孟多夫，是未必看作不過如此的人的。

這都是否定的嘗試；是懷疑。是有着當死的運命的俄國，爲死而趨的路程的記錄。踏爛在彼得大帝的銅像之下的平凡人的反抗，要在地上實現那天馬行空之概的傲者的破壞，誰能說不是二十世紀的革命呢？要由死以得生的否定之力，是革命。俄國的文學，若僅看作否定之力的發現，雖然還有幾多複雜的要素，也不可知。但以這力爲中心，從這一角去讀俄國的文學，却決不會是對於俄國文學的冒讀。否定之力——爲求生而尋死的這力，是豐富的，複雜的，頗饒于變化的力。在墜地亡身的一粒麥子中所含的力，總有一時要出現的。

作爲否定之力的文學，也就不外是作爲生存之力的文學。再說一囘罷，俄國是最初以來，就有着當死的運命的；有着自行破壞的運命的。仗着自行破壞，自行處死，而這纔至於自行甦生，自行建造的事，是俄國的命運。俄國的文學，是以自己的否定爲出發點，由否定的肯定，由死的生，循着這路，正直地，大膽地，透闢地，而且驀地走了來的。

在這里有俄國文學的苦惱和悲哀；在這里有俄國文學的力。有下地獄而救了靈魂者的淒慘和歡欣，和力量。（一九二三年五月作。）

—譯自「文學評論」。—

藝術的革命與革命的藝術

青野季吉

一

無產階級的藝術運動也頗爲進展了。相當有力的無產階級的作家和批評家，也已經出現。無產階級的藝術，早已是不可動搖的事實。縱使怎樣用了資產階級批評家的斜視亂視，也不能推掉這事實了。

然而我，是無產階級的藝術運動愈進展，便愈憂其墮落和迷行的一人。我於相信人類社會的進行，願意爲此奉獻些小小的自己之力這一端，是樂觀者。但當取人類的或一時期，或者或一人們之羣，而省察其動彈之際，我是不棄掉悲觀者的態度的。人也許以爲這是資產階級底習癖的多疑的態度罷。但這是錯的。如果無產階級運動並非單單的羣衆運動，而是全階級底組織運動，則站在那立場上的我們，即一面必須常是樂觀者，同時在別一面也不可缺少悲觀者的準備。無產階級的戰士的徹底底的寫實主義，本來，就是從這作爲樂觀者的要素，和悲觀者的準備的渾然融合之處，產生出來的東西。要有此，這纔知道信仰，同時也知道戰鬬。

我現在卽使對於無產階級藝術家，加了什麽責難，但倘以爲這足以妨礙幼小者的生長，是不對的。不相信生長，卽無從加以眞的責難。不凝視正當的長發，卽不能指摘墮落和迷行。相信無產階級的藝術的未來，我是不落人後的。我只恨於凝視現在的無產階級運動的眞正的進行，而爲此勉效微勞之不足。但是，對於使未來昏暗的墮落，有傷眞正的東西的進展的迷行，則無論託着什麽名目，我也不能緘默的。

二

藝術者，不消說，是個人的所產。個人的性情和直接的經驗，在這里造出着就照個人之數的色彩，是當然的。雖是無產階級的藝術罷，從中自然也要因了藝術家各人的先驗後驗的準備，生出幾多的 Variety（繁變）來。尤其是，因爲無產階級的藝術運動，並非一主義的運動，而是作爲一階級的運動，所以就更加如此。說是無產階級的藝術所當取的形態，是應該如此如此者，不過是對於無產階級的藝術運動的擴大，沒有著眼的人們的話罷了。

在這里，是可以有 Variety 的。不如此，卽非健全的藝術的發軔。但是，在別一面，却必須有作爲無產階級的藝術的不可動搖的共通的要素。惟這共通的要素，乃是無產階級藝術作爲階級藝術運動，而發揮其革命藝術的意義的東西。

就勞動階級來看這事，也是這樣的。各個勞動人，各以個個的色彩，營着那生活。然而勞動階級之所以是一個革命底階級者，卽因爲在各個勞動人，都有共通意識，而這且有生長的可能的緣故。沒有這意識的勞動人，則形狀雖是勞動人，但縱使怎樣地受了貧苦的洗禮，也還是和資產階級的隸屬動物沒有兩樣的。

然則，無產階級的共通意識，無產階級文藝所當有的共通要素，是什麽呢？排在第一的，那不消說，是革命底精神。

描寫了貧窮的，被蹂躪的，飢餓的人們的藝術，至今爲止，已經多得太多了。在自然主義運動以後的文學上，描寫工人和農夫者，尤其不遑枚擧。然而，不能說因爲描寫了工人和農夫，便是無產階級的文學。這是什麼緣故呢？是因爲作者用了封建底的哀憐，或資產階級的理解那樣的眼睛來眺望，來描寫的緣故，是因爲在作者，並無無產階級的革命底精神那樣共通意識乃至要求的緣故。

說是因爲作家在或一時期，曾度勞動的生活，便將這作爲惟一的資格，算是無產階級的作家的事，是不能够的。現在以資產階級藝術爲得意，寫着的人們之中，曾經從事於勞役者也不少。有爬出了黑暗的煤礦洞，成爲煤礦王的人；也有到逃出爲止，媚着貴家女兒的人。這便是曾在過去做過勞動生活這一個經驗，所以並非無產階級作者的資格的歸結的緣故。自然，過去的勞動生活，是高價的。然而比這尤其高價者，是由此到達勞動階級的革命底意識的經驗。在眼前，雖有出自勞動生活的作家，但我看見完全有着沈湎的革命底意識者，而竟逐漸淡薄下去，實不勝其惋惜。並且看見因爲這些人冒瀆着革命的藝術之名，而無產階級藝術運動的銳角，怎樣地逐漸化爲鈍角了。

不要誤解。雖說革命底精神，却並非指歇斯迭里底的絕叫和不顧前後的亂闖。並非指感傷底的咒詛和末梢神經底的破壞慾。靠着這樣的事，以玩味革命的快感，是最爲非革命底的。倘是在習俗底的意義上的革命詩人，那麽，這也就很好。然而該是作爲無產階級藝術家的共通意識的革命底精神，却不是這樣膚淺的欲求。

還有，將這和那些資產階級作家們作爲盛饌上的小菜，常所喜歡的反逆底精神之類看作一樣，是不行的。資產階級作家的動搖層，作爲無聊的心境的換氣法，則喜歡反逆底精神的辣味，還想將這和革命底的意義連絡起來。但這是完全不同的兩個東西。作爲無產階級作家的共通意識的革命底精神，是和無產階級的歷史底進行一同生長了的階級意識。藝術之由無產階級而被革命，就爲了有這歷史底必然力的緣故。無產階級藝術之所以爲革命的藝術，就因爲被這共通意識所支持的緣故——在這里，要附白幾句的，是有如未來派，表現派等，作爲藝術革命的前驅，我們是承認其貢獻的，但作爲革命的藝術的無產階級的藝術，却必須有他們所缺的强固的階級意識。

三

無產階級的階級意識，無論在怎樣的意義上，和資產階級的個人主義是不相容的。將這和資產階級的個人主義相對立，而來一想，則這正是被照耀于非個人主義的精神的。人們每每費心於社會主義和個人主義的關係，深怕一到社會主義之世，沒却了個人，便很勉力於立論，然而這所指示的個人的內容，倘不是資產階級個人主義所尊重的意義上的東西，則這樣的「個人」，一到無產階級的支配，階級社會消滅的未來，便當然應該死滅。這是較之指點太陽，還要明白的事。個人主義底精神，是近代資產階級社會所完成的惟一的道德原理。而且恰如觀念上的所產，常常如此一樣，這歷史底精神，也竟冒了永遠的高座，被擡在超時代底的所謂永遠的理想上了。資產階級教養的一切之道，無不和這相接續，資產階級的支配，還想由這名目，引起永遠的幻覺來。然而在那下面，却生長了革命底的無產階級的意識，有着新內容的心情，以必然的進行，擴大起來了。

這，決不是資產階級個人主義的心境。全然是別樣的意識。有一回我曾經稱這爲Comrade（伙伴）的心情，但總之，這心情和個人主義底精神，是完全兩樣的。那革命底的意識的生長，也可以說，便是無產階級的革命底生長。有着宗敎底的傾向的人們，每喜歡說，無產階級雖以爲將要支配未來，但還是充滿着資產階級底鬪爭精神，所以無產階級所支配的世界，也依然是醜惡的功利精神的世界罷。以此作爲反對階級鬪爭的理由。這些言說的錯誤，則只要看見無產階級的階級底新意識的生成，便自明明白白了。

我們相信無產階級的文化的生長。而使我們豫期無產階級的文化者，實在應該是和資產階級文化的根源的個人主義底精神正相反對的非個人主義底精神。而使我們豫期無產階級藝術者，則應該是無產階級的這共通的新意識。

將這和也是非個人主義底的，宗敎底的心情混爲一事，是不行的。宗敎底的那心情，是不堪個人主義的重擔的正直者們聚集起來，互相幫助的消極底的逃難民的心情。那也許是非個人主義底的罷。但並非積極底的意識的結成。不是有着可以支配世界的必然的豫期的意識。這雖然轉化爲非個人主義了，然而是常常收受着個人主義底精神的回踢的心情。至於作爲無產階級的共通意識的非個人主義底精神，則是積極底的生成，不是逃難民的心情，而是占領民的心情。

我不得不將這非個人主義底精神，力加指示，作爲無產階級藝術家所應有的共通意識。說是非個人主義底精神，是消極底的說法罷，但要將這積極底地說起來，是隨着那人，什麼都可以稱得的。總之，這是可作無產階級的道德原理的新意識。

藝術家的特性之一，是深切地具有着萬人之所有的東西。如果無產階級的藝術家，眞從無產階級跨出來的，則也應該深切地領會着那階級的新意識。而且還應該回過去，將睡在無產階級的未醒的心裏的那意識，叫喚起來。倘不然，那就雖說是無產階級藝術，也不過徒有其名，只是從無產階級偶然浮上來的人的混雜而得意的表現罷了。將這樣的遊離產物，稱以無產階級之名，我們以爲是應該唾棄的冒瀆。

四

作爲無產階級的共通意識，鮮明地被看取的，是國際底的精神，是世界主義底精神。無產階級運動的大半，是國際底的運動，但這並非單是戰術上的舉動，實在是基於生根在各國勞動階級的共通意識裏的要求的。倘不懂這倫理底意義，便也不能懂得國際底的運動。自然，在這里，是有經濟上的必然的。這事情，在這里不見有關說的必要。

將這世界主義底精神，看作上文所述的非個人主義底精神的延長，也不要緊。但當作別一路的發生，也可以的。這世界主義底精神，是在無產階級運動的一定時期內，被强有力地叫了醒來的東西，在今日而强有力地豫約無產階級的未來者，便是這精神。「在勞動無國界」這句話，現今，已成萬國勞動階級的標語了。我們對於從勞動階級走出來的作家和批評家，不能不看一看這共通意識的有無或濃淡。

要記得資產階級藝術，是傳統底的，國民主義底的——日本主義，是由資產階級藝術的先達所提倡起來的呀——對於這，則無產階級的藝術，就必須是革命底，世界主義底了。惟其如此，所以無產階級的藝術運動，是藝術革命的運動；無產階級的藝術，是革命的藝術。

自然，在資產階級藝術裏，也不能說，並無世界主義底精神。然而這和資本家的國際底一樣，是完全置基礎於國民主義底精神的。雖是資產階級藝術的最好的部分，實在也還沒有全然去掉了這基礎。在那里，還有可以革命的東西。而無產階級的世界主義底精神，則是和叫作「國民」這一個傳統，毫無連繫的革命底的精神。眞值得稱世界主義底精神之名者，非這新精神不可。資產階級的這，雖然可以說是「國際底」，然而不能稱爲「世界底」的。

當我現在講着這事之間，也總是想到那可悲的事實。那是什麼呢？便是現在在我們的文壇上，自稱無產階級作家的人們的一部分，是毫無批判地緊緊地釘住着一種國民主義底精神的；是世界主義底的精神的明證，全然欠缺的。我現在無暇用實例來指示。只是那些的人們，是動輒敢於有「在日本獨自的」呀，「在日本」呀這些設想，而不以爲異的人。單從這幾句話，我們便可以對於那些人們的世界主義底精神之有無，挾着疑義的了。再看別的處所，則藝術上的國際底的問題，雖以必然的豫約，紹介到我們的文壇裏來，但竟不將這作爲我們的同人的事，而放在自己身上去。凡這些，卽都在表示國際底的精神，是怎樣地稀薄的。

倘沒有以世界的兄弟爲兄弟的心情，卽不能許其說是出於無產階級。向着以國民主義底的幻想爲餌者，不能許以革命的藝術家之名。爲了這是無產階級的藝術，是革命的藝術起見，應該要求無產階級的劃分歷史底的世界主義底精神的强有力的明證。

五

我已經舉出

一，革命底精神

二，非個人主義底精神

三，世界主義底精神

來，作爲無產階級藝術上所不可缺的要素了。但反過來一想，則主張無產階級藝術該是怎樣的東西的事，乃是魯莽的探求，倒不如等待產生出來的東西之爲合理，當創造底之際，卽尤其可以這樣說。然而我在這里所做的工作，却和這事也並無什麼矛盾的。我是指示了在現實上作爲勞動階級的最高意識而生成着的東西，試來揭出了對於無產階級的藝術，我們之所尋求者。

我毫不懷疑於無產階級藝術的未來。惟其如此，所以也不能漠視現在的無產階級藝術運動上的小兒病底的混雜。我們應該養育眞的偉大者，我們應該從事於勝利的戰爭。（一九二三年三月作。）

—譯自「轉換期的文學」。—

關於知識階級

青野季吉

安理巴比塞（Henri Barbusse）在一九二一年所出的小本子裏，有稱爲「咬着白刃」而側注道「寄給知識階級」的。在那裏面，當他使用「知識階級」這一句話的時候，特地下文似的聲明着：——

「知識階級——我是以此稱思想的人們，不是以此稱知趣者，吹牛者，拍馬者，精神的利用者。」

這幾句話，誠然是激越的。然而當巴比塞要向知識階級扳談時，不能不有這幾句聲明的心情，我以爲很可以懂得。

他雖說知識階級，但在這里，是大抵以思想家和文學者爲對象的。可知在法國的思想界和文學界，知趣者，吹牛者，拍馬者，精神的利用者是怎樣地多了。所以他便含着一種憤激，這麼說。

然而這是法國的文壇和思想界的事。日本的文壇和思想界又怎樣呢？我讀着巴比塞的聲明，實在禁不住苦笑。因為在我的眼裏，知趣者，吹牛者，拍馬者，精神的利用者，都一一以固有名詞映出來了。

所謂知趣者，是怎樣的一夥呢？先是這樣的。無產者的文學運動也已經很減色，從這方面，是不會出頭的了，還是想一點什麼新奇的技巧，使老主顧喫一驚罷。總而言之，只要能這樣，就好。於是想方法，造新感覺，謅新人生的一夥便是。其實，譯為「知趣者」的，是amateur，意思是「善於湊趣的人」。日本的一夥，可是「善於湊趣」呢，固然說不定，然而是善於想去湊趣的人們，却確鑿的。

其次是吹牛者。這是可以用不着說明的，但姑且指示一點在這里。嚇人地擺着藝術家架子，高高在上，有一點想到的片言隻語，便非常偉大似的來誇示於世——其實大抵是文學青年之間——的人們；以及裝着只有自己是一切的裁判官的臉相，擺出第一位的大作家模樣，自鳴得意的人們；以及什麽也不懂，却裝着無所不懂的樣子，一面悠然做着甜膩的新聞小說的人們，便是這一夥。

一說到拍馬者，讀者大概立刻懂得的罷。吹牛者的周圍，倘沒有這一種存在物，那牛便吹不大，于是跑來了，聚集了。以數目而論，這似乎要算最多。其中的消息，我不很知道，但如討了一個舊皮包便讚美作家，紹介了文稿便獻頌辭爲謝之類，是這一夥之中的最爲拙劣的罷。

最後，精神的利用者，却有些煩難。在這範疇之內，是可以包括許多種類的人們的，但從中只舉出最爲代表底的來罷。在近時，我得了和一個「知名」的文學者談天的機會。他侃侃而談，主張羅蘭主義，而大講社會主義的「低劣」的緣由。姑且算作這也好罷，然而又爲什麽不如羅蘭那樣，去高揭了那精神主義，直接呼喚國民，發起一種國民底運動的呢？無論是羅蘭，是甘地，都並非單是談談那精神主義，後來便去上戲園，赴音樂會的。惟其如此，羅蘭主義這纔成了問題，生了同名異義。總之，像這樣的文學者，就是在這範疇裏的典型底的人。

倘從文壇和思想界，除掉了那些要素，一想那所剩下的，以及巴比塞之所謂思想的人們，這是成了怎樣淒凉的文壇和思想界呵。我以爲其實淒凉倒是眞的，現在的樣子，是過於熱鬧了，然而這是一點也沒有法子可想的事。

但巴比塞是對於怎樣的人們，稱爲思想的人（penseur）的呢？倘若不加考查，就沒有意義。據他所說，這是混沌的生命中所存在的觀念（idée）的翻譯者（traducteur）。于是成爲問題的，便是什麼是「觀念」了。巴比塞有時也用「眞理」這字，來代觀念。總而言之，在混混沌沌的生活，生命裏面的，一個發展底的法則，就是這。在人類之前，將這翻譯出來的，是思想的人們，是巴比塞所要扳談的對象。

我們所要扳談的人，而在日本的文壇和思想界上所不容易尋到的，實在就是這樣的思想的人們，這樣的「知識階級」。　（一九二六年三月作。）

—譯自「轉換期的文學」。—

現代文學的十大缺陷

青野季吉

雖說現代文學，其中也有各種的範疇和各種的流派的。極大之處，有資產階級的文學和無產階級的文學之別。而在那資產階級的文學之中，則例如既有自然主義後派，而又有人道派，新技巧派——新感覺派——那樣，在無產階級文學裏，也有就如現實派，構成派，表現派之流。因爲在這些，是無不各各有其特殊的基準和豫期的，所以十把一綑地加以處理，原也不能說是正當。

然而，在這些全體上可以看出共通的特徵來，却也是一個事實。而且這之所以發生者，乃是在叫作「現代」這一個共通的氛圍氣中的必然的結果，大約也無須多加解說了罷。那麼，雖有各種的範疇，各種的流派，而將這作爲全體，加以處理，將其中的全體所共通的，或其大部分所共通的特徵或缺陷，指摘出來，也決不是不可能的事。

我曾經乘各種機會，指摘過對於現代文學的我的不滿，我所看出的現代文學的缺陷了。但在這里，却還想將現代文學的全體上，或大部分上所通有的缺陷和我的不滿，總括底地列舉出來。

自然，縱使項目底地列舉起來，加以若干的說明罷，倘不尋檢其由來，則不消說，還是看不見工作的全盤意義的。但要辨這事，非這一篇所能做到。我只好舉了我所看見的現代文學的大缺陷十件，加以多少的說明。倘若我的指摘，能於現在的小說讀者，尤其是占着大多數的女性讀者，當遇見創作之際，能有什麼啟發，作喚起批評心來的一助，那麼，我的企圖也就達到了。

可以說是現在的小說，尤其是資產階級的小說的通有性的，是那運用的材料，極其身邊印象底，個人經驗底的事。這是第一件缺陷。自然，一到稱爲大衆文藝或通俗小說之類，是出了這範圍的。然而極端地說起來，那些却並不是能稱文藝的貨色。作者所誇爲純文藝，大家所推許的作品，可以說，還幾乎都是作者的個人經驗的，個人印象底的東西。

現在有一句常用的「心境小說」的話。總之，是描寫了作者的心境的小說的意思。這種小說，是最能暴露了這缺陷的。個人的心境的描寫，原亦可也；個人的經驗和個人的印象，本來也很好。何況一切認識和一切考察，都從這里出發，又是分明到不待說明的事呢。然而停留於此，耽溺於此，却不過是單單的個人的印象，個人的心境。在這里有多少價値呢？從個人的印象出發，將個人的心境擴大，這纔生出打動別人的力量來。

這一缺陷，已爲文壇上具眼的人們所痛感了。因此暫時之間，居然也不大觸目了的事，也是一個事實。然而在旣成作家的大部分裏，還很可以看出這缺陷來。倘這無意力底的，消極底的心境不能脫却，那麽，堅密底的作品，大概是不會產生出來的罷。

從右的第一缺陷，當然發生的，是現代小說中的無思想。這在我們，是一個大大的不滿，說這確是現代文學的大缺陷，也可以的。

記得說是小說裏無需思想，或將思想織在裏面的小說是無聊之類的事，是曾經一時成過文壇的論題的。那時的議論的結果，怎樣地歸結，現在已經忘記了，但在這里，却似乎確有一個觀念上的錯誤。

凡說，小說裏無需思想，將思想織在裏面的小說是無聊者，大抵是將思想當作什麼抽象底的東西了，解作生吞了的觀念那樣的東西了。如果思想是那樣的非生命底的東西，則誠然，小說裏用不着思想。將這樣的東西胡亂編了進去的小說，是不純到無以復加的。

然而漏了無思想的不滿之際的所謂思想，却並非這樣的東西。是將社會底的現象或現實，加以批判考察而得的一個活的觀念之謂。是沒有這樣的思想的不滿。

我們知道，在歐羅巴的作家愈偉大，則這樣的思想，顯現於那作品上也愈濃。託爾斯泰如何？羅曼羅蘭如何？巴比塞如何？妥勒曼爾（E. Toller）如何？在他們，沒有這樣的思想麼？所以使他們偉大者，豈非倒是因爲有這思想底根本力麼？而且他們對於將這端的（入聲）地，露骨地發表出來的事，是決不躊躕的。

這樣的事，現在倒頗爲減少了，曾經是，一說社會主義思想之類，在文壇上，便即刻當作抽象底的觀念。試看正在手頭的「新潮」（三月號）的合評，「階級意識」這字，就被用成了全然滑稽的符牒似的沒有內容的東西了。從這樣的不留心，不認眞之處，怎能生出具有强的思想底基調的藝術來呢？而在現今的日本的文壇，所最應企望的，則是這樣的具有强的思想底基調的藝術。

可以指摘爲第三的缺陷者，是新的樣式，不能見於現代文學中。各種技巧上的工夫是在精心結撰，各種的形式是在大抵漫然採用的，然而作爲樣式，却還是傳統底的東西，幾乎盲目底地受着尊崇。而且這大抵還是自然主義文學所創出的樣式。

這事，不但在資產階級的文學上而已，雖在無產階級的文學上，也可以說得。沒有新樣式者，歸根結蒂地說起來，也可以說，就是沒有新文學。新的樣式，是必然地和新的文學相伴到這樣子的。

自然，尋求新的樣式的努力，也時時可以看見。尤其是在無產階級的文學上，那苦悶，竟至于取了慘痛之形而表現着。但究竟也還未脫模仿歐洲之域。還未脫離了模仿而創出新的樣式來。

這麼一說，便有人會說，新的文學上的樣式，是並非容易產生的東西。倘使社會底環境——例如表現派之在德國那樣——不來加以醞釀……。然而這果然眞實的麼？現在的日本的社會底環境，是這樣停滯底，沈靜底的麼？我並不這麼想。日本的社會底現實，是在要求着文學上的新的表現的樣式的。我這樣想。緊要關頭，只在能否確然把握到那社會底現實。

文學之成爲享樂底，無苦悶底如今日者，彷彿是未曾前有似的。文壇上曾將撲滅遊蕩文學的事，大聲疾呼了一些時，然而雖在那時，似乎文學之享樂底和無苦悶底，倒並不如今日。

現在在文壇的一隅，要求着「明亮的」文學。換了話，便是不要刻骨般的，驚心動魄的，以淒慘的苦悶震聳讀者的文學，而要譬如混入氣體的電光似的，吸過一杯咖啡之後似的，靴音輕輕地踏着銀座的步道似的，春天的外套似的，輕鬆的，明亮的，爽快的，伶俐的小說。這要求，大概不妨說，便是在證明現在的文學的傾向，是成了怎樣享樂底的無苦悶底的東西了的罷。

先幾天翻閱一種雜誌，看見登着一個作家，說是因爲自己的小說，被一個名家評爲「醉漢的嘮叨」，便很不高興了的文章。那作家的成着問題的作品，是否眞是「嘮叨」呢，我不得而知。但在先前，以相當的名家，而以「醉漢的嘮叨」這批評，加于文學作品的事，似乎是沒有的。還有，因爲遭了這樣貶抑，而自辯爲並非「嘮叨」這類事，在文壇也是不很看見的現象。這樣的事，也會坦然做去，這倘不是實證着今日的文學成了怎樣的非苦悶底，享樂底的事，又是什麽呢？

我們記得。在自然主義文學運動當時的作品上，是有着更認眞，更苦悶的。那認眞和苦悶，在迄今的經過中，從流行文壇完全失掉了。而繼承了那認眞和苦悶而起者，實在是無產者文藝。

作爲第五的缺陷，我要指出現代文學之墮於技巧底的事來。在上文，我已將現代文學之停在個人印象底，成了無思想底，無苦悶底，享樂底的東西的事，加以指摘了，由此而生的當然的結果，則文學便全成爲技巧底。因爲除此以外，要尋變化，求新鮮，是做不到的了。

例如，有那稱爲「新感覺派」的現代藝術的一派。似乎要在新的感覺的世界裏，探求新的生命，便是他們的主張。然而那作品，却明明白白地顯示着那新的感覺這東西，其實不過是技巧上的一種花樣（Trick）。要之，不過是一種新的（？）技巧派。這樣的一種流派，而文壇上已經頗加了承認的事實，便是在說明現在的文學的偏于技巧化的傾向的。

還有一個實證，是例如那宛然文壇旣成作家的腦力試驗一般的「新潮」合評會的的內容。在那里，成爲積極底的問題者，常是作品的技巧上的巧拙。將那內容，證明內容的思想之類，從廣大的立場上加以討論的事竟很少。友人松村正俊君在一篇小說月評上施以嘲諷道，「關于技巧，則可看新潮合評會的歷歷的言說，」實在是很中肯的。

好像工人們大家聚會起來，交談着技巧上的匠心者，是現在的許多的批評。其實這全不是什麼批評。不過大家互相交談着鑿子的使用法，研磨法。近來多喜歡拉出老作家來，來傾聽他們的批評這一個事實，也就很可以由此解釋明白的。若名家的本領，是技巧上的經驗。于是細緻的深入的「批評」，反有待于老名家。這是起用老名家的動機。

其實，在現今的文壇上受着尊重者，不是像樣批評的批評，而是並非批評的批評，不是批評家的評批，而是作家的「批評」。

這雖然並非現在特有的文壇現象，但現在頗爲强烈地觸着我們的眼睛的，是歐洲文學之模仿這一個可憐的事實。這事實，不但在資產階級文學上，是一個事實而已，雖在無產階級的文學上，在或一程度上，也是事實。

保羅摩蘭（Paul Morand）一被輸入，則摩蘭樣的作品就出現。表現派一輸入，卽刻表現派，構成派一傳來，卽刻構成派，這樣的事，做得很平常。至少，從我們看來，是這樣的。摩蘭，也好的罷。表現派，構成派，原也可以尊重的。而然僅是單單的模仿——模仿就是虛假——却毫無意味。這樣的事，是十分明白的，但這樣地明白的事，却又怎樣地毫不介意地就算完事了呵。

再舉一個有趣的例子。最近，蘇俄的文學上的意見的紹介，是旺盛起來了。而紹介者之中，竟有當紹介時，裝着彷彿要說「有這樣的無產階級文學上的意見，但在日本的無產階級文學運動的陣營裏，豈不是還沒有知道麼」一般的臉相的人物。而其實，却也有在日本的無產階級文學運動的陣營內，兩三年前就已經成過問題了的東西。凡這些，也就是由于一聽到是蘇俄文壇上的事，便以爲總是趕先一步的模仿之所致的。

作爲現代文學的第七樣缺陷，我所要指摘的，是現代文學太側重于讀者，受了商品化。

在資本主義經濟之下，雖是文學上的作品罷，但一切生產物的無不商品化，是一個法則。但這雖然是法則，要作不妨無抵抗底地，順應了牠的口實，却是不行。藝術作品的商品化了起來的客觀底必然性，我們是容認的，但對于牠的不可避性，我們却不能承認。

然而，現今的文學，倒是故意底地在求爲完全的商品。總之，以側重讀者爲指導原理之一的文學，是正在流行。安勒壘爾的「幸開曼」中的把戲棚子的主人這樣說，「皇帝和將軍和敎士和玩把戲的，這纔是眞的政治家，是混進民衆的本能裏去，左右民衆的呀！」可惜在這裏面，沒有加進現代的日本的流行作家去。現今的流行作家，是混進民衆的享樂本能裏去，而左右民衆的眞的政治家。

在最近的文壇上，大衆文藝或通俗小說等類，常常成着問題了。而且問題的中樞，到常常放在讀者上。而且媚悅讀者的事，又常常成着那論議的基調。這事實，只要一看現今的稱爲大衆文藝，叫作通俗小說的東西，就明白了。倘說，這是文壇上側重讀者的傾向，完全商品化的要求的一面的表現，恐怕也可以的。

訴于大衆，獲得俗衆的文學，不是媚悅大衆，趨附俗衆的文學。爲許多讀者所閱讀，所喝采，並非一定是訴于大衆，獲得俗衆的意思。這和尾崎行雄和永井柳太郎的演說，即使博了「大衆」的喝采，但決非訴于大衆，獲得俗衆的事，是一樣的。從現今的文壇之所準備，是決不會產生眞的大衆文學，通俗文學來的罷。

其次，我大體要指摘日本文學中一大分野的那無產階級文學上所見的缺陷。這是指歇斯迭里底的傾向而言。近時，我在一處的席上，曾說從現今的無產階級的文學所當驅除者，是歇斯迭里底的傾向，便招了許多的反對，然而雖到現在，我還相信我的話是不錯的。

我知道歐洲的表現派和構成派，是決非發生於歇斯迭里底的頭腦和感覺的。然而問題並不在這些的發生，乃在這些輸入日本以來，怎樣地發展了，以至怎樣地遭了變質。我在這里，是看見了怎樣地歇斯迭里底的焦躁和輕浮。

倘不將這歇斯迭里底的焦躁和輕浮，加以驅除，而且倘沒有對於現實的冷靜明徹的討究的基礎，則日本的無產階級文學，我想，是終於要走進不可挽救的迷路去的。

而且，倘沒有那基礎，則在日本，表現派和構成派，我想，也不會有眞的發展的。

我要將現代文學大部分所通有的情緒上的一種傾向，指摘爲第九的缺陷。這便是虛無底的心情。以這爲缺陷而加以指摘，我想，是要有許多非難的。但我仍然要指摘牠，作爲一種的缺陷。

現在的作家，大大小小，是都受着自然主義運動的洗禮的。因這緣故，便大抵帶些無理想底的心境，即虛無底的心情。加以現在的作家，即使是無產階級的作家罷，而有一部分，是小資產階級，或頗有一些小資產階級的心境的。這也是使他們懷着虛無底的心境的原因。

在一方面，這也竟是運命底的事。然於對於這心情，加以肯定或否定，則其間便生出大大的差別來。倘不征服這心情，而且不由意力底的，積極底的心情來支配，我相信，現代文學是終於不可救的。然而毫沒有這心情的新人，已將在文壇上出現，却也是事實。救文壇者，恐怕是這樣的人們罷。

臨末，我總括底地，將對於現代日本文學的我的不滿，我所認爲缺陷者，附加在這里。這是從歷經指摘了的各節，當然可以明白的，那便是現今的文學上，並沒有「變更世界」的意志。將世界樣樣地說明，樣樣地描寫，樣樣地嘗味，是現代文學之所優爲的。然而緊要的事，是「變更世界」。倘不能得，則無論怎樣的文學出現，我總是不能滿足的。

我已經列舉底地，指摘了日本文學的缺陷了。在這些中間，我處處啟發底地夾入了一些話，但爲免於誤解起見，在這里再說一回。這各種的缺點，是根據于我的不滿的。我的不滿，是特殊底東西，所以指摘爲缺陷之點，我想，就也不免于多是特殊的事。然而，這是當然的。

（一九二六年五月作。）

——譯自「轉換期的文學」——。

最近的戈理基

昇 曙夢

一

今年三月二十九日，正值革命文豪戈理基（Maxim Gorky）誕生六十歲和他的文壇生活三十五週年，所以在俄羅斯，從這一日起，亙一星期，全國舉行熱鬧的祝賀會，呈了空前的盛況。這之先，是網羅了各方面的代表者，組織起祝賀委員會來，蘇聯人民委員會議長廖珂夫（Rykov）以人民委員會之名，特發訓令，聲明戈理基為勞動階級，勞動階級革命，以及蘇維埃聯邦盡力的大功，向全國民宣布了這祝賀會的意義。祝賀的那天，則聯邦內所有一切新聞雜誌，都將全紙奉獻戈理基，或發刊特別紀念號，或滿載着關於戈理基的記事。又從墨斯科起，凡全國的公會堂，勞動者俱樂部，圖書館等，俱有關於戈理基的名人們的演講；夜裏，是各劇場都開演戈理基的戲曲。文學者在他生前，從國家用那樣盛典來祝賀的例，是未曾前有的。所惜者是祝賀會的主角戈理基本身，五年前以患病出國，卽未嘗歸來，至今尙靜養於意太利的梭連多，不能到會罷了。但從各人民委員長起，以至文壇及各團體的賀電，則帶了在祖國的熱誠洋溢的祝意，當這一日，山似的飾滿了梭連多的書齋；一面又有歐洲文壇代表者們的竭誠的祝賀，也登在這一天的內外各日報上，使在意太利的新 Yasnaja Poliyana（譯者按：L. Tolstoi 隱居之地）的主人詫異了。那裏面，看見羅曼羅蘭（Romain Rolland），宰格（Stepfan Zweig），勗尼茲萊爾（Arthur Schnitzler），滑舍爾曼（Jacob Wassermann），巴開（Alphons Paquet），紀特（André Gide），弗蘭克（Leonard Franck），顯理克曼（Henrik Mann），荷力契爾（Arthur Holitscher），烏理支（Arnold Ulitz），吉錫（Erwin Kisch）這些人們的姓名。戈理基的名聲是國際底，所以那祝賀會也是國際底的。然而最表現了熱烈的祝意者，那自然是在這革命文豪將六十年的貴重的生涯和三十卷一萬頁以上的作品，奉獻于自由解放了的勞農的俄國。

二

俄國文學的一時代，確是和戈理基之名連繫着，他的藝術，是反映着那時代的偉大的社會底意義的。當戈理基在文壇出現時，正值俄國的經濟底轉換的時代，資本主義底要素，戰勝了封建地主底社會制度，新的階級，勞動階級初登那社會歷史底舞臺。從這時候起，戈理基的火一般的革命底呼號，便在暴風雨似的擴大的革命運動的時代中，朗然發響，雖在帝制臨終的反動時代，也未嘗無聲。當帝國主義戰爭時，他也反對着愛國底熱狂，沒有忘却了非戰論。此後，俄國的勞動階級顚覆了資本家和地主的政權，開始建設起新生活來的時候，他雖然不免有些游移，但終於將進路和勞農民衆結合了。現在雖然因爲靜養舊病，住在棒喝主義者的國度中，但他却毫無忌憚，公然向全世界鳴資產階級的罪惡，並且表明以眞心的滿足和歡喜，對於勞動階級的勝利和成功，一面又竭力主張着和勞動階級獨裁的革命底建設底事業相協同提攜的必要。

戈理基是在革命以前的俄國，作爲革命作家而博得世界底名聲的唯一的文豪，他一生中，是遍嘗了勞動階級革命的深刻的體驗的。自然，和過去的革命運動有些關係的天才底藝術家，向來也不少。例如安特來夫，庫普林，契理羅夫等，就都是的。然而他們現在在那里了？他們不是徒然住在外國（譯者按：安特來夫是十月革命那年死的），一面詛咒着祖國的革命的成功，一面將在那喑中人似的亡命生活中，葬送掉自己的時代麽？獨有一個戈理基，在革命的火燄裏面，禁得起試練罷了。

三

戈理基的過去六十年的生涯中，三十五年是獻給了文學底活動的。像戈理基的生涯那樣，富於色彩和事件的，爲許多文學家中所未有。他的許多作品，是自敍傳底，他的作品中的許多頁，很惹讀者的心，都決非偶然的事。由戈理基的藝術而流走着的社會底現象的複雜和紛繁，大抵可以在他的作品和生涯中，發見那活的反響。戈理基的文學和傳記，是將他的個性和創作力的不絕的成長，示給我們的。他將那文學底經歷，從作爲浮浪漢（Lunpen Proletariat）的作者，作爲對於社會底罪惡和資本家的權力，粗暴地反抗着的强的個性的讚美者開端，在發達歷程中，則一面和勞動運動相結合，一面又永是努力，要從個人主義轉到勞動階級集團主義去。他不但是文藝上的偉大的巨匠，還是勞動運動史上的偉大的戰士。我們不必再來複述誰都知道的戈理基在本國和外國的革命底活動了，倒不如引用他的舊友，又將他估計極高的故人列寧的話在這里罷。一九〇九年時，資產階級的報紙造了一種謠言，說戈理基被社會民主黨除名，和革命運動斷絕關係了。那時列寧在「無產者」報上這樣說：「資產階級報紙雖然說着壞話，但同志戈理基却宛如侮蔑他們一般，由那偉大的藝術品，和俄羅斯以及全世界的勞動運動結合得太强固。」列寧是這樣地，以用了藝術的武器，爲革命底事業戰鬪着的强有力的同人，看待戈理基的。

在長久時光的戈理基的生活歷程中，自然也有過動搖和疑惑的時代；也會有誤入旁塗的瞬間。但這是因爲他並非革命的理論家，也非指導者，而是用感情來容受生活的最爲敏感的藝術家的緣故。在這樣的瞬間，戈理基便從黨的根本運動離開，難於明瞭各種思想和事件了。但雖然有了這樣的錯誤，列寧却毫不疑心他和革命勞動運動的有機底結合。蘇聯的勞動階級，現在對於這偉大的文豪的過去的疑惑的瞬間，也絕不介意。豈但如此，在這回的記念會，倒是記憶着戈理基對於勞動階級革命事業的偉大的援助，向他表示滿心的感謝的。

四

這回的祝賀會，也不獨記念戈理基的過去的功績和勝利。因爲在他那過去的輝煌的革命底事業之外，還約束着偉大的現在和未來。戈理基最近的作品，是顯示着他新的創造底達成和那藝術底技巧的偉大的圓滿的。他現在正埋頭於晚年的大作，三部作「四十年」的成就，那第一部「克林撒謨庚的生活」，剛在異常的期待之下出版了。這作品涉及非常廣泛的範圍，描寫着從革命以前起，到革命後列寧入俄爲止的近代俄國的複雜的姿態。他不遠還要開手做關於新俄羅斯的創作，正在準備了。在最近的書信之一裏，他這樣地寫着——

「我想於五月初回俄羅斯，全夏天，到我曾經留過足迹的地方去看看。這已經是決定了的。旅行的目的，就在要看一看在我的生涯中的這五年之間，這些地方所做的一切事。我還想試做關於新俄羅斯的著述。爲了這事，我早經搜集了許多很有興味的材料了。但我還必須（微行着）去看看工廠，俱樂部，農村，酒場，建築，青年共產黨員，專門學校學生，小學校的授課，不良少年殖民地，勞動通信員，農村通信員，婦女代表委員，回敎婦人，及別的各處。這是極重要的事務。每想到這，我的頭髮使爲了動搖而發抖。況且又因爲從全國的邊鄙地方，參與着新生活的建設的樣樣的渺小的人們，也為給我許多極可感動的，有着可驚的興味的信件。」

雖然寓居遠方的意太利，戈理基是始終活在對於祖國的燃燒似的興味裏的。而於正在發達，復興的蘇俄，有什麼發生這一事，也有非常的注意。

五

在十月革命的十週年紀念節，發表出來的「我的祝詞」這一篇文章裏，他這樣地寫着——

「蘇維埃政權確立了。在蘇維埃聯邦，建設新世界的基礎，事實上也已經成就。所謂基礎者，據我想，就是將受了奴隸化的意志，向實生活解放了的事。也就是對於行動的意志的解放。何以呢，因為生活是行動的緣故。至今為止，人類的自由的勞動，到處都被資本家的愚蠢而無意義的搾取所汚穢，所暴壓。而國家的資本主義底制度，則減少創造事物的快樂，將原是人類創造力的表現的那勞動，弄成可以咒詛的事了。這是誰都明白的。但在蘇維埃聯邦，却覺得人們都一面意識着勞動的國家底意義，又自覺着勞動是向自由和文化的直接的捷徑，一面勞動着。這樣子，俄國的勞動者，是已經不像先前那樣，掙得一點可憐的僅少的糧，乃是爲自己掙得國家了。」他又說：「俄國的勞動者，是記着指導者列寧的遺訓，學習着統治自己的國家。這是無須誇張的分明的事實。」

戈理基又在別一篇論文「十年」裏，以這樣的話作結：「人們對我說，這是誇張的讚美。是的，這確是讚美。我一生中，是將能愛的人們，能工作的人們，以及他的目的，是在解放人類的所有力量，以圖創造，圖將地上美化，圖在地上建設起不愧人類之名的生活形式來的人們，看作眞的英雄的。然而波雪維克，却以一切正直的人所絕不置疑的成功和可驚的精力，向這目的邁進着。全世界的勞動階級，已經懂得這事業的價値了。」

六

對於現代蘇維埃文學和年青的作者們，戈理基的同情和興味，也很有熾烈之處的。我們在這里雖沒有引用他寄給羅曼羅蘭的信的全文的餘裕，但其中有云，「現今在俄國，優美的文學是發達着，繁榮着的。」又，在最近的論文之一裏，那結語是「所必需者，是對於青年文學者的大的注意和關於他們的深的用心。」

昨年之夏，蘇維埃國立美術院院長珂干（P. Kogan）教授到意太利的梭連多，訪問戈理基的時候，曾和教授談了蘇俄的事許多時。珂干教授在印象記「在梭連多作戈理基的賓客」中，傳着當時的情況——

「戈理基很注意的研究着俄國所行的一切事。他現正寫着共有三部的龐大的小說（這就是上文說過的三部曲「四十年」），這至少是網羅着四十年間的俄國生活的雄篇。他決不如白黨所言，是俄國之敵。關於蘇俄，關於那達成，關於那科學，關于那文藝，他和我談了許多事。談得很長久，很高興。他說，『這里是無聊的，但俄國有生活和勁彈。』他拏着鉛筆，讀着蘇俄新出版的各種書。他從蘇維埃文學，感到異常的喜歡，將這列在歐洲文學之上。第一流的作家不消說，便是第二流的作家，他沒有涉獵其作品者，是一個也沒有的……我因為要離開梭連多了，前去告別，到戈理基那里。他臉色蒼白，似乎比平常冷淡。他說道，『今天我不像往常，是氣喘。因為這病並非心臟系統的病，不要緊的。就會好的罷。』他現在和兒子兒婦和兩歲的孫女，就是僅僅這幾個家族一同過活。他那對於可愛的孫女的婉婉的愛情，令人記起他說過的『孩子是地上的花』這一句詩似的言語來。」

最近在墨斯科，文學者間，以「戈理基和我們在一起麼」這一個論題之下，開了討論會，但我不幸竟沒有機會，得讀當時反對戈理基的作家們的演說。我所見的僅有綏拉斐摩徵支的話，他是這樣說的——

「在反動的黑暗時代，戈理基會呼喚俄羅斯國民來戰鬪。在革命以先的時代，他於使我們的作家們從下層社會蹶起的事，也盡了偉大的職務。他現今雖在意太利，而常以貪婪一般的興味，把握着蘇俄所發生的一切的事情。他逐欄通讀着蘇維埃的報章；和年青的作家們通着很長的書信；並且收了他們的原稿，親自指導其創作；對于蘇維埃青年的生活，又有非常的興味。不但這些，他還勇敢地訶斥着資產階級報紙對於蘇聯的讒誣。這樣，他是常和我們在一起的。」

七

在現代蘇維埃文學上，要估計戈理基的偉大的價值，並不是容易事。第一，他先是勞動階級藝術的開山祖師，最偉大的代表者。故伊列寧曾爲他確認了這光榮的稱號，道，「戈理基絕對地是勞動階級藝術的最偉大的代表者。他爲這藝術，已經成就了許多事，但還能夠成就更大的事的。」又，也如綏拉斐摩微支所說，戈理基是許多年間，和剛開手的作家以及大衆出身的文學者等，通着很長的音信的，從未曾不給回信。酌量了他們的商榷，總給一個適當的助言。就從這樣的廣泛的觀察和深厚的用心中，他產生了對於無產階級藝術將來的勝利的確信。

據戈理基自己所證明，則從一九〇六年到十年之間，由他看過的出於自修的作家之手的原稿，計有四百篇以上。「這些原稿的大多數——「契爾凱希」(Chelkash)的作者說——是總懂一點文學的人們所做的。這些原稿，大概是永久不會印行的罷，然而其中銘記着活的人們的靈魂，直接地響着大衆的聲音，可以知道害怕那長到半年的冬夜的俄羅斯人，在想着什麼事。」對於「撒散在廣大的土地的表面的各種人們，那思想往往暗合着」的事，戈理基是很感到興味的。他所搜集的統計底材料，恐怕是爲將來的文學史底研究指路的東西罷。傳統底的科學，對於詩的眞髓，一向只尋解說於天才的奇蹟底出現中，或於不知所從來的前代天才的影響中，但這豈不是就由大衆的思想的暗合，又幾經試練而產生的麽？戈理基的這統計，爲理解詩的本質是大衆底現象起見，是提出了貴重的材料，並且爲在優秀的作品中，看見全階級的集團底的創力的生產這一點，給與了可能性的。這些無學以至淺學的詩人們（其名曰Ledion），是和現代蘇維埃的傑出的勞動階級作家們一同參加了自己們的詩和故事的創造了。勞動階級詩，是對於藝術，指示着新的問題，同時在藝術批評之前也建立了新的目標，使研究家的注意，在不知不覺中，從文學底貴族主義，轉向為一切藝術的唯一的源泉的那民衆生活和社會底鬭爭的深處去了。

「幾乎回回如此——戈理基這樣寫着——每逢郵差送到那用了不慣拿筆的手，滿寫着字的兩戈貝克紙的灰色本子來的時候，總附有一封信。那裏面，是不大相識的人，相識的人，未曾見過面的人，接近的人，託我將作品『給看一遍』。並且要我回答，『我有才能沒有，我有牽引人們的注意的權利沒有？』——心為欣喜和悲哀所壓搾，同時在他的內部，也炎上着大的希望；對于現今正在經驗着非常辛苦的時代的祖國，懷着恐怖，因此心也很苦惱………。所謂為欣喜所壓搾者，是因為不好的散文和拙稚的詩越發多起來，作者的聲音越發勇敢地響起來。就是，在下層生活裏，和世界連結了的人類的意識，是怎樣地正在炎上着；在渺小的人物中，向着廣大的生活的希求和對於自由的渴仰，是怎樣地正在成長着；將自己的清新的思想發表出來，以鼓起疲乏了的親近者的勇氣，來愛撫悲涼的自己的大地的事，是怎樣地正在熱望着：凡這些，你是感到的罷。現在也這樣，要站起來，使被壓迫的民衆挺直，勇敢，用了新鮮的力，開手來做創造新文化和新歷史的全人類底事業這一個希望，是猛烈地得着勢力的。」

在別的處所，戈理基說，「我確信着，勞動階級將能創造自己的藝術——費了偉大的苦心和很大的犧牲——正如曾經創刊了自己的日報一般。這我的信念，是從對於幾百勞動者，職工，農民，要將自己的人生觀，自己的觀察和感情，試來硬寫在紙上的努力，觀察了多時之後，成長起來的。」……「倘歷史向着全世界的勞動階級——戈理基對『勞動階級作家第一集』的作家們說——說出八年間的反動之間，你們經驗了什麼，做成了什麼來，則勞動階級將要驚異于你們的心眼的出色的工作和勇氣，你們的英雄氣概（Heroism）的罷。自己所做的事，你們大概是並未意識到，也並未想過的，然而俄羅斯勞動階級和我們的地球的全勞動社會，爲了建設新的世界底文化的戰鬬，却將毫無疑義，從你們的先例裏，汲上偉大的力量來。」

八

現代俄國許多知名的作家，那文壇底生活，很有靠着戈理基之處，是誰都公然證明的。又，於現代的讀者，戈理基也有極大的感化力和意義。將這事實，比什麼都說得更爲雄辯的，是關於戈理基的作品的圖書館的閱覽統計。據列寧格勒市立中央圖書館的統計，則所藏書籍的著者二千七百八中，多少總有一些讀者的人，不過七百；其餘的二千八，是全然在讀者的注意的範圍外的。而即此七百人之中，每日有人閱讀的著者，又僅僅三十八人。這三十八人之中，見得有最大多數的需要者，是只有戈理基之作。在這圖書館裏，昨年付與閱覽人的書籍的統計，計戈理基的作品一千五百卷，託爾斯泰七百七十二卷，陀思妥夫斯基五百五十六卷。這數目字，卽在說明他的作品，在一切讀書階級中，被愛讀得最多。再將這戈理基的千五百卷的閱覽人，加以種別，則學生九百九十六人，從業員二百三十二人，勞動者百四人。然而這是中央圖書館的統計，一到市外或街尾的勞動區域裏，勞動者的數目就增加得很多了。再據列寧格勒的金屬工人組合的文化部，特就六個文豪的調查的結果，則在金屬工人之間，最被愛讀的，也還是戈理基居第一位，其次是託爾斯泰。又從一千九十四個金屬工人中，來徵集戈理基作品中所最愛讀的書名的回答，那結果，是「母親」的愛讀者五百三十四人，「幼年時代」四百三十七人，短篇集三百八十七人，「Artamonov家的事件」三百四十三人，「人間」三百十一人，「Foma Gordeev」三百一人，「Okurov 街」二百二十二人。推想起來，對於英雄底的勞動詩的戈理基的偉大的熱情，以及對於作爲征服自然，改造世界的根原的那勞動的戈理基的信念，是使他的作品和讀者大衆密接地連繫着的。對于人類的愛情，對於勞動和勞動的勝利的確信，將戈理基的藝術，充滿了偉大的勇氣和生活的歡欣。雖在陰暗沈悶的場面的描寫，毫不寬假的批評的處所，關於人類的弱點的悲哀的時候，從戈理基的作品的每頁裏，是也常常勇敢地響着對于生活，對於戰鬪的呼聲的。

九

關於作爲藝術家的戈理基，似乎近來人們不大論及。但是，他的藝術底進化，決不是已經達了完成。較之十年乃至十五年前，還更强有力地施行着。作爲藝術家的戈理基，是決未曾說完了最後的話，也沒有將自己的創造之才，一直汲完到底的。

戈理基的最近的作品，幾乎全部是屬于回憶錄這一類。連登在雜誌「赤色新地」的自敍傳底作品的一部，此後在「我的大學」的標題之下，集成一卷，從柏林的俄國書肆克尼喀社出版。一看這樣地匯成一本的短篇，我們便可以明白這是怎地偉大的文學底事件，也可以明白這在戈理基的創作底歷程上，是怎地重大的階級。在屬于同類的此後的作品中，有「巫女」，「火災」，「S. N. Bugurov」，「牧人」，「看守」，「法律通人」等，那大部分，是和「我的大學」一樣，可以站在高的水平線上的。

戈理基的回憶，和盧梭的「自白」，瞿提的「空想和事實」那樣的古典式的回憶，是兩樣的。這兩人的古典底的作品，雖各不同，但有一個共通之點。這便是想將作者本身的內面底發達的全徑路，汲取淨盡的欲求。無論是盧梭，是瞿提，態度是不同的，然而作為著作的中心者，是作者本身，是作者的個性，作者的生涯。但是，戈理基的作品，却並不如此。在那裏面，作者的個性，降居第二位，占着主要地位的，是作者所曾經遇見的各種許多獨特的人們的特色底相貌。有人說過，瞿提的自敘傳，可以將書名改題為「天才在適當的事情之下，怎樣地發達」。戈理基也一樣，將內面底，精神底發達的歷程，固然也描寫了不少，但倘說那麼，對于他的回憶錄，可用「天才底作者在不利的情況中，怎樣地發達」的書名，却是不能够的。戈理基的回憶錄，是關於人們的書籍。「看哪，周圍有着多麽有味的人們呵！」彷彿作者像要說。「我切近地接觸了幾十，幾百的人們了。他們是多麽有色彩，獨特，而且各不相似的人們呵。他們也爛醉，也放蕩，也偷東西。並且也收賄賂，也凌虐女人和孩子，因爲爭奪住處而殺人，在暗中放火。然而他們是多麽天才底的，充滿着力和未曾汲完的潛力的人們呵！」

十

在契訶夫的作品上，俄羅斯全部，是由「憂鬱的人們」所構成的，在戈理基的作品上，則由獨創底的人們所構成。契訶夫是不對的；或者戈理基也不對，但總之他近於眞實。戈理基當作一種獨特的現象，和各個人相接觸，一面深邃地窺覗那內面底本質，竟能夠將在那里的獨特的東西發見了。契訶夫的世界，大抵是千八百八十年代至九十年代的有些混沌而無色采的智識階級的世界，但戈理基的世界，則是那時的昏暗的，不爲文化之光所照的世界，然而是平民的世界，富有色采，更多血氣的。戈理基對於樂天主義的强烈的傾向，卽出於此。契訶夫是平板單調的，戈理基却從極端跳到極端去。從對於音樂，歌，力，高揚的歡喜，急轉而爲對於無意義的人生的絕望的發作。有時也從對於勞動的緊張和歡喜的肉體底陶醉，一轉而忽然沈在自殺的衝動中了。但雖然如此，要之，契訶夫之作是籠罩着憂愁，戈理基之作是瀰漫着樂天主義的。

讀契訶夫時，我們便爲一種疑惑所拘繫。在出了他的憂鬱的人們，凡涅小爹，箱子裏的男人之後，怎麽會發生革命呢？從契訶夫的俄國，到一九〇五年（第一次革命）的俄國的推移，是不可解的，不可能的。關於這一端，戈理基却比契訶夫容得好得遠。我們在他的回憶底作品裏，能够看見勞動者和農民之間的各樣思想的底流，也可以看見革命前期的特色底的情緒，（老織匠普不佐夫對於資本家的憎惡，鐵匠沙蒲希涅珂夫和神的否定，以民情派社會主義者羅瑪希爲中心的農民會，大學生的革命底團體等）。戈理基的回憶錄，卽使那藝術底價値，又作別論，而作爲近代俄國的文化史料，尤其是作爲加特色於一八九〇年代的記錄，是有很大的意義的。

戈理基最近的作品，在作風上，令人記起他的「幼年時代」來。有些短篇，則幾乎站在「幼年時代」的同列上。例如「看守」，「初戀」，「巫女」，「我的大學」等是。「看守」是有特殊之力的作品，在這裏面，他將先前爲他的根本底缺點之一的推理癖，完全脫去了。而且使作品中的人物，自己來說話。其結果，是能够創造了非常鮮明的 Type 和場面。「初戀」也是優秀的作品，寫得極率直，極眞實，而且鮮濃。「火災」也是明朗的詩。「我的大學」和「N. A. Bugurov 」是社會底的大畫卷，在我們的眼前，從中展開一八九〇年代的俄國鄉間的情狀來。

如上所述，戈理基是準備于近日回俄國去的，當蘇俄將那力量和注意，都集中于解決社會文化底建設的偉大的問題的今日，則戈理基和敬慕他的勞農大衆的邂逅，將成爲有着偉大的文化史底意義的事件，是毫無疑義的罷。

（一九二八年作。）

—譯自「改造」第十卷第六號。—

壁下譯叢

實價大洋九角

（不許翻印）

一九二九年四月印成

一——四〇〇〇

上海北新書局發行